CIELO AZUL

ISABEL LUGO

ISBN 978-0-692-84407-6

DEDICATORIA

En la vida hay que ser agradecidos con las personas que al escucharte, sin conocerte, te ofrecen su apoyo.

Con aquellas que la vida te las regala sin importar el lugar o el tiempo y te ofrecen consejos sin emitir alguna palabra rebuscada.

Quiero que queden plasmados en mis historias esos seres que dan la musa y que algún día revelaré sus nombres.

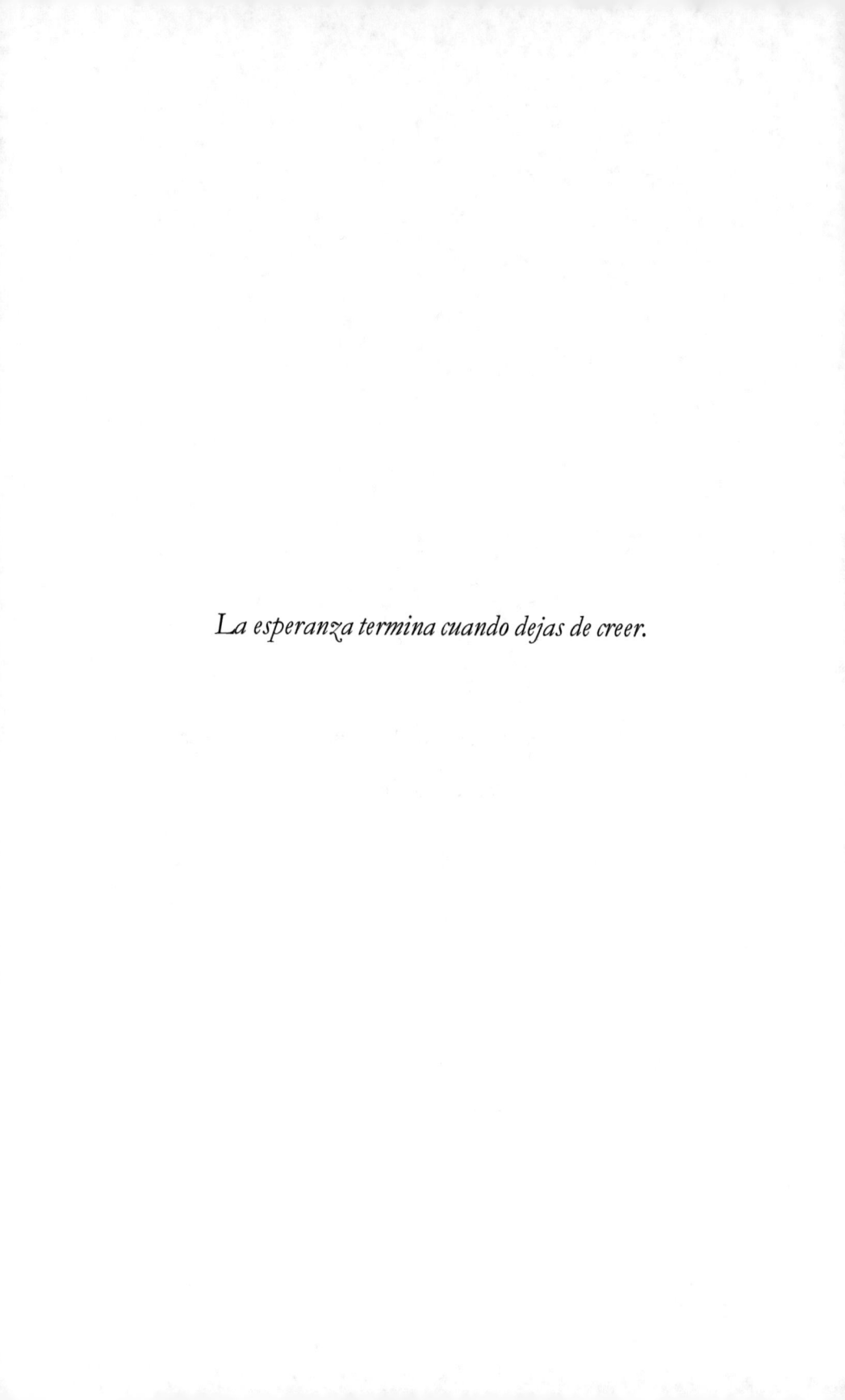

La esperanza termina cuando dejas de creer.

CONTENIDO

PRÓLOGO

Los personajes y situaciones ficticias aquí descritas son producto de la imaginación de la autora. Esta novela describe otros episodios más de la vida de los personajes de Enlace Rojo.

La historia comienza cuando Pamela y Lucas viajan para asistir a una boda de unos amigos y disfrutar de unas merecidas vacaciones. Durante su estadía en la Isla, el mejor amigo de Lucas, sufrirá un atentado contra su vida. Lucas se verá involucrado en una nueva misión por ayudar a su amigo y hacer que prevalezca la justicia.

Una figura atormentada por su pasado utilizará todas sus artimañas para vengarse de aquellos que considera sus enemigos.

1 COMPROMISO

Pamela Miller y Lucas Maxwell viajaron a Puerto Rico para presenciar la boda de unos amigos. Los enamorados seleccionaron esta isla caribeña famosa por sus hermosas playas, la cordialidad de sus habitantes y el ambiente festivo y cultural que ofrecía a sus habitantes durante todo el año. En los alrededores del hotel se percibía el ambiente de fiesta. Las mesas estaban adornadas con exquisitos manteles, adornos rebosantes de flores y siluetas de cristal alusivas a la ocasión. El entorno invitaba a la complicidad y se observaba la camaradería entre los invitados. Como parte del festejo, una orquesta del área deleitaba a los presentes con ritmos de salsa seguido de otra música característica de la región. El atardecer estaba soleado y a su vez refrescante. Se podía observar el mar a una corta distancia.

Un grupo de músicos comenzó a tocar la canción predilecta de los nuevos esposos. Estos subieron a la pista de baile y los invitados se acercaron para compartir la ilusión del momento. Al terminar la pieza musical, se escucharon los aplausos de algunos invitados. Acto seguido, la orquesta comenzó a tocar otra melodía y varios invitados comenzaron a bailar. Lucas aprovechó el momento y tomó la mano de Pamela para llevarla a bailar. Cuando la orquesta terminó su intervención los invitados regresaron a sus mesas. Lucas y Pamela aprovecharon para ir a tomar un trago cerca de la piscina.

Llegada la noche la brisa del mar se sentía aún más refrescante. En ese instante los meseros comenzaron a colocar velas encendidas en los alrededores de la piscina. Lucas tomó por la cintura a Pamela y la miró a los ojos.

—Te vez hermosísima con este traje y el peinado te hace ver más sexy. —dijo Lucas—. Dándole a su vez un beso suave en la mejilla.

—Mi amor, no te quedas atrás. Las chicas se voltean a verte a cada rato. Esta chaqueta hace resaltar más tus ojos. —dijo Pamela—. Colocando sus brazos alrededor del cuello de Lucas.

—La única chica que me importa, la única que me tiene loco y quién amo es a ti. —dijo Lucas—. Susurrándole al oído.

De repente, unos músicos con violines se acercaron a la pareja ofreciendo una hermosa melodía. Pamela al darse vuelta para ver a los músicos, se percató de la presencia de Anna y Kenshi que acompañaban la pieza musical con sus instrumentos.

—¿Y esto? —preguntó Pamela.

Lucas se arrodilló frente a ella y sacó de su bolsillo un hermoso anillo de compromiso. Pamela quedó sorprendida. Era un anillo en oro blanco con diamantes incrustados. En el interior de este tenía grabado la fecha en que se conocieron.

—El día que te conocí, todo mi universo cambio. Desde entonces comprendí que eres el amor de mi vida. No existe un instante que deje de pensar en ti. Amo tus ojos, tu sonrisa, tus labios,... no hay nada que no ame de ti. —dijo Lucas.

Este le tomó la mano a Pamela. Ella estaba totalmente sorprendida y encantada por todo lo que estaba ocurriendo.

—Mi vida entera la quiero pasar junto a ti. Aquí cerca de la playa, junto a estos testigos, quiero pedirte que te cases conmigo. —dijo Lucas.

Pamela emocionada contenía su rostro lleno de lágrimas. No podía creer lo que estaba pasando. Entonces, observó el anillo en su mano y luego miró fijamente los ojos de su amado.

—Es la bendita historia del hilo rojo. —mirando a Lucas fijamente a los ojos—. Estaría loca si... no aceptara. Yo también quiero pasar el resto de mi vida contigo. —dijo Pamela.

En aquel momento, Lucas se puso de pie, tomó en sus brazos a su prometida y la besó intensamente.

Anna no podía contener la emoción al ver a su tía Pamela aceptar a Lucas. Se le llenaron los ojos de lágrimas. En ese momento, Kenshi se apropió de dos copas de vino que estaban sirviendo los mozos y le dio una de ellas a Anna.

En un instante, Kenshi alzó la copa y brindó por sus amigos. Tanto los músicos como los recién casados se percataron de la romántica escena y los acompañaron en el brindis. Todos los presentes aplaudieron para celebrar el compromiso.

Al terminar la fiesta, Lucas y Pamela se despidieron de los esposos y regresaron a la habitación que habían separado en el hotel. Al llegar al cuarto, Lucas sacó la tarjeta de acceso y abrió la puerta. Pamela entró a la habitación sujetando la mano de Lucas. Esta se quedó sorprendida con el camino de pétalos de rosas y velas aromáticas que adornaban la estancia. En el centro de esta se hallaba una botella de champagne rodeada de fresas y atractivos chocolates. Lucas se adelantó, abrió la botella y llenó las copas. Mientras, Pamela caminó hacia el balcón de la habitación.

El cielo estaba estrellado y desde su habitación se podía observar el mar. Lucas se quitó la chaqueta, tomó las copas y fue hasta el balcón para observar el cielo junto a ella. Entre caricias, besos y pequeñas anécdotas acabaron la botella de champagne.

—Se acabó la botella. —dijo Pamela.

—Yo sé dónde se encuentra otra botella. Si me das la mano te puedo conducir hacia ella. —dijo Lucas.

Pamela con una sonrisa traviesa extendió la mano. Caminaron tomados de la mano hacia la habitación y al entrar al lugar, Lucas la besó suavemente. Fue deslizando sus manos por su espalda. Comenzó abrir la cremallera del vestido. Ella a su vez se entretuvo desajustando la correa y posteriormente bajándole gradualmente la cremallera del pantalón.

Entre caricias y juegos, el traje y el sostén de ella terminaron en el piso. Ella le arrebató la camisa. Luego, Pamela aprovechó el momento en que Lucas la abrazaba y besaba por el cuello, para deslizar sus manos por la espalda de este; sutilmente se deshizo del pantalón y el calzoncillo. En un instante, ambos estaban completamente desnudos.

Lucas quería que fuera una noche muy especial. Entre ardientes besos y caricias, ambos llegaron a la cama. El saber que ambos acababan de comprometerse para toda la vida hacia que su amor y su entrega fuera más apasionada e intensa.

A la distancia solo se escuchaba el ruido de las olas del mar golpeando la arena.

2 CIELO

Leonard Infante y Alba Miranda disfrutaban de un hermoso día en la playa acompañados de sus compañeros de clases. Estos celebraban el último verano que pasarían juntos. Al finalizar esta temporada todos partirían a diferentes universidades y algunos se aventurarían a buscar nuevos retos en otros entornos.

Oscurecía cuando Leonard y Alba paseaban por la orilla de la playa tomados de la mano mientras sus amistades se encargaban de encender una fogata. Dado a que era la época de verano era peculiar ver turistas en las playas acampando y realizando otras actividades comunes en el lugar.

Era tarde en la noche, cuando el padre de Alba apareció en el lugar. Al preguntarle por el paradero de su hija Alba, se enteró que esta no estaba sola. Esta noticia le enfureció. Una amiga de ambos escuchó la conversación y se adelantó para advertirles a Alba y Leonard de lo ocurrido. Pablo Miranda había llegado al lugar y estaba decidido a llevarse a su hija. De repente, comenzó a dar gritos alterando la armonía del lugar.

Leonard y Alba permanecían cerca de la orilla de la playa cuando su amiga avisó a ambos lo ocurrido.

—Leonard, debes de irte. Si mi padre te encuentra nuestros planes se van abajo. —dijo Alba.

—Lo sé. —le da un beso—. Sabes que te amo y espero verte pronto. Recuerda solo estaré en Europa un mes, luego nos veremos en México. —dijo Leonard.

—¡Ve tranquilo! Avanza que él está cerca. —dijo Alba.

Leonard salió rápidamente atravesando las filas de palmas que rodeaban las casetas de acampar ubicadas en el lugar. Pasados unos minutos, Pablo llegó donde se encontraba Alba y su amiga.

—Te dije que llegaras temprano a la casa. ¿Qué haces todavía aquí? —preguntó Pablo.

—Papá, ya iba de camino para despedirme de mis amigos y regresar a la casa. —dijo Alba.

—Tu madre me pidió que pasara por ti. Ahora, te regresas conmigo. —dijo Pablo—. Tomando a la fuerza a Alba por el brazo.

—Papá, hueles a alcohol. —dijo Alba.

—Vamos. No tengo tiempo para explicaciones y menos aún tengo que dárselas a mi hija. —dijo Pablo.

Alba no tuvo tiempo para despedirse de sus amigos. Tan pronto llegaron al coche salieron del estacionamiento a toda prisa.

Pablo conducía a toda velocidad cuando intentó rebasar a otro vehículo, al doblar por otra intersección, no se percató de que otro coche venía de prisa saliendo del estacionamiento de un edificio. El otro coche impactó el vehículo por el lado derecho por donde se encontraba Alba. El impacto fue tal que lastimó una de las piernas de Alba, quien además sufrió unas cortaduras en el rostro debido a los vidrios que volaron de la puerta. Las personas que se encontraban caminando por el lugar, vieron lo sucedido y se acercaron para socorrerlos. Pablo llamó al hospital donde él trabajaba para que enviaran una ambulancia de inmediato.

En el hospital, Alba se encontraba con un dolor fuerte de cabeza y se sentía adolorida. Los doctores le realizaron algunos estudios para comprobar su estado de salud.

Al rato, uno de los doctores salió hacia el corredor en dirección de la oficina del director de oftalmología. Al llegar, Pablo Miranda se hallaba sentado en el escritorio.

—Doctor Miranda ya tenemos los resultados de las pruebas realizadas a su hija. —dijo el galeno.

—Déjeme verlos. —dijo Pablo—. Extendiendo la mano para que le entregara el expediente.

El doctor le entregó el expediente y se mantuvo esperando una reacción de Pablo.

—Mi hija está embarazada. —dijo Pablo.

—Sí. Estamos tomando todas las precauciones para no interferir con el embarazo. Los medicamentos que le vamos a suministrar le aliviarán el dolor. —dijo el doctor.

—¿Ella lo sabe? —preguntó Pablo.

—Sí. También, su esposa. Ella llegó justo cuando recibimos los resultados. —dijo el doctor.

—Por el momento, quiero total discreción. Esto me ha tomado por sorpresa. Déjame solo. Necesito pensar. —dijo Pablo.

—Ya usted sabe dónde encontrarme. —dijo el galeno.

Un mes después, Alba se encontraba esperando noticias de Leonard. Su padre había dado órdenes de evitar cualquier contacto entre ellos. Estaba prohibido recibir llamadas telefónicas o correspondencia de parte de Leonard Infante.

Al ver la desesperación de su hija, el doctor Miranda pagó una fuerte cantidad de dinero para que le entregaran unas fotos alteradas y fraudulentas a Alba. En esas fotos aparecía Leonard desnudo en una cama junto a una chica. Cuando Alba recibió dichas fotos se sintió sumamente engañada y destruida por lo que decidió olvidar a Leonard Infante.

De igual manera, el doctor Miranda se aseguró de que una joven llamada Bárbara Espinoza le entregara unas fotos comprometedoras a Leonard. En estas fotos Alba se encontraba muy apasionada junto a otro chico. Leonard se desilusionó tanto de Alba que no quiso saber más de ella.

Durante el embarazo Alba no estuvo sola. La madre de Alba le acompañó durante todo el proceso encargándose personalmente del bienestar de su hija y su criatura. Alba dio a luz una hermosa niña. Luego se dedicó a estudiar para asegurarle un porvenir. El doctor Miranda no compartía en familia ya que se mantenía viajando la mayor parte del tiempo y atendiendo el hospital.

Diez años habían transcurrido, Alba trabajaba en el área de oftalmología junto a su padre. Cuando recibió la terrible noticia que su niña había sido diagnosticada con cáncer, ante tan dolorosa situación, ella decidió dejar su trabajo en el hospital para dedicarse por completo a sus cuidados.

Pasadas varias citas médicas y algunas terapias, la niña pidió conocer a su padre. El doctor Miranda al conocer la petición de su nieta se opuso tenazmente a que Alba contactara a Leonard. Alba y su padre sostenían discusiones fuertes y acaloradas cuando surgía el tema. Sin embargo, su madre siempre la apoyaba y no estaba de acuerdo con la actitud de su esposo.

En una recaída muy seria que tuvo la niña, Alba no pudo contenerse más y contactó a una agencia de detectives para que localizaran a Leonard Infante. En pocas semanas, los detectives obtuvieron la información solicitada. Inmediatamente, uno de los detectives contactó a Alba para informarle de los hallazgos. Alba recibió toda la información a través de la computadora. Pasados unos minutos, esta se armó de valor y llamó a Leonard quien se encontraba en su oficina. El teléfono sonó y Leonard tomó la llamada.

—¡Buenas tardes! —dijo Leonard.

—¿Me puede comunicar con el ingeniero Leonard Infante? —preguntó Alba.

—Es el ingeniero Infante el que le habla. —dijo Leonard.

—Leonard, soy Alba Miranda. —dijo Alba.

—Alba Miranda. —sorprendido y nervioso—. ¿Alba eres tú? —dijo Leonard.

—Sí, soy yo. —dijo Alba.

—Me tomó por sorpresa esta llamada. ¿Sucede algo? Te escucho nerviosa. —dijo Leonard.

—Leonard, es muy difícil esto que te voy a decir. Pero, necesito que me escuches. —dijo Leonard.

—Tranquila. No tengo clientes en este momento. ¿Qué tienes? —preguntó Leonard.

—Sé que ha pasado mucho tiempo. —suspiró—. Cuando saliste de viaje para Europa tuve un accidente. Estuve un tiempo en el hospital recuperándome de los golpes. En el periodo que estuve en el hospital me enteré que estaba embarazada. —dijo Alba.

—¿Qué me quieres decir? —preguntó Leonard.

—Hoy la niña tiene diez años. Mi padre me prohibió terminantemente cualquier acercamiento a ti. Yo fui una estúpida y me deje dominar por sus amenazas por eso nunca te lo dije. —dijo Alba llorosa.

—¿Tengo una hija? —dijo Leonard—. Sorprendido.

—Sí. Pero debo de decirte algo más. —dijo Alba.

—¿Acaso es que tiene otro padre y la niña me odia? —molesto—. Después de todo ustedes me han ocultado esto por muchos años. —dijo Leonard.

—No es así, nunca me casé, me dique a nuestra hija. Por favor, escúchame. Te lo pido. —dijo Alba.

—¿Qué más debo saber? ¿Qué más me ocultan? —preguntó Leonard.

—Nuestra hija… —suspira de nuevo—. Perdona que te diga esto, pero es importante. Tú y yo no podemos perder el tiempo más recriminándonos uno al otro. No es la mejor forma pero tienes que saber que nuestra hija. —con una voz entrecortada—. Ella tiene cáncer. —dijo Alba.

—¿Cómo? ¿Qué dices?... ¿Dónde está ella? —preguntó Leonard.

—Está recibiendo tratamiento en un hospital especializado en oncología aquí en la Isla. Además, sabe que tiene un padre y me pidió que te buscara. Ella quiere conocerte. —dijo Alba.

—Alba, ella es mi hija y no voy a desampararla. Salgo lo más pronto posible para Puerto Rico. —con sus ojos llenos de lágrimas—. Hay muchas cosas aún que debemos aclarar. —dijo Leonard.

—Lo sé. —dijo Alba—. Llorando.

Algunos días después Leonard Infante llegó a Puerto Rico. En el hospital se encontraba la niña recuperándose de la última quimioterapia. Las enfermeras del lugar eran muy cariñosas con ella. Alba le había dicho que muy pronto iba a poder conocer a su padre.

El día de la llegada de Leonard, Alba se encontraba en la cafetería del hospital tratando de controlar los nervios. De repente, Leonard apareció por la puerta de la cafetería. Alba se quedó muy sorprendida del cambio físico de Leonard. Se veía un hombre más maduro.

—Leonard. —dijo Alba.

—Sí. Soy yo. —dijo Leonard.

—Estás tan cambiado que tenía miedo a equivocarme. —dijo Alba.

—Tú te vez más guapa. —dijo Leonard.

—Gracias. —dijo Alba.

—Hay algo que no me has dicho aún. ¿Cómo llamaste a nuestra hija? —preguntó Leonard.

—Cielo. —dijo Alba.

—¿Cómo mi hermana? —dijo Leonard.

—Sí. —dijo Alba.

—Gracias por ese detalle. ¿Podemos ir a verla ahora? —preguntó Leonard.

—¿Por qué dentro de tú maletín algo se mueve? ¿Qué llevas ahí? —preguntó Alba.

—Es una sorpresa para mi hija. —dijo Leonard.

—Acompáñame. —dijo Alba.

Ambos salieron de la cafetería y se dirigieron al ascensor. Minutos después, ambos llegaron a la habitación donde se encontraba su hija. Esta tenía una túnica en la cabeza con diseños de ositos. Alba entró a la habitación.

—Hija, tu papá vino a verte. —dijo Alba.

—¿Dónde está? —preguntó la niña.

—En el pasillo. ¿Lo dejo pasar? —preguntó Alba.

—Sí. —dijo la niña.

Alba caminó hasta el pasillo y trajo consigo a Leonard. La niña al ver a Leonard le sonrió y vio que algo se movía en el maletín que traía.

—¿Qué es eso? —preguntó la niña.

—Como quiero que seamos amigos y para comenzar nuestra amistad he traído un regalo. Espero que te guste. —dijo Leonard.

Este introdujo las manos dentro del maletín y sacó una perrita de pocos meses de nacida.

—Es hermosa. —dijo la niña—. A la vez que la tomó en brazos.

—Pues si te gusta es toda tuya. ¿Cómo la llamarás? —preguntó Leonard.

—Creo que la llamaré Azul. —dijo la niña.

—¡Como tus hermosos ojos! —dijo Leonard.

Cielo le mostró una sonrisa. Leonard estaba encantado con lo simpática que era su hija. En ese momento tan especial, Alba trataba de contener sus lágrimas.

Cielo y Leonard pasaron varias horas hablando. Cuando Leonard se despidió de su hija le dio un beso. También, le aseguró que regresaría todos los días a verla. Que se encargaría de cuidar a la perrita y traerla durante sus visitas.

Al cabo de dos meses padre e hija continuaban conociéndose y compartiendo. Leonard compró una casa al lado del mar para que su hija disfrutara de su perrita y el aire puro que el lugar ofrecía. Sin embargo, la enfermedad de Cielo estaba muy avanzada. El cáncer había ocasionado la perdida de la vista en uno de sus ojos. Su padre desesperado por no poder ayudar a su hija, pasaba noches sin dormir, buscando entre los últimos avances de la medicina y tecnología alternativa que pudiera devolverle la vista a su hija y curar su cáncer.

Lamentablemente el tiempo no fue su aliado. Al morir Cielo, Leonard sufrió grandemente la pérdida. Estaba devastado. Tanto así, que se alejó de Alba.

3 HERIDO

En el Centro de Convenciones de la ciudad capital se celebraba la asamblea anual de los gobernadores de Estados Unidos. La prensa internacional y local esperaba en las afueras para poder entrevistar algunos de los conferenciantes o invitados de la actividad.

Minutos después, por la parte posterior del edificio, unos vehículos con varios oficiales del Servicio Secreto llegaron al lugar. Entre ellos se encontraba Marc. Este caminó hacia el edificio, se identificó con el oficial de seguridad y entró al edificio de una forma desapercibida para no levantar sospechas entre los asistentes del evento. Al notar la presencia del gobernador de Florida, se le acercó y le pidió que lo acompañara a una de las oficinas privadas del lugar. El gobernador accedió, caminó junto a Marc y uno de sus guardaespaldas. Al llegar a la oficina, los guardaespaldas se mantuvieron fuera de la habitación.

—Marc, ahora que estamos aquí. ¿Qué te traes? —dijo el gobernador.

—Señor, uno de sus fiscales de distrito fue hallado muerto en su residencia. Según los hechos, el fiscal se encontraba realizando una investigación sobre contrabando de armas ilegales. Sin embargo, se encontró que estos delincuentes estaban invirtiendo en otro tipo de negocio más lucrativo. —dijo Marc.

—¿Qué tipo de negocio? —preguntó el gobernador.

—Existe una empresa que está fabricando unos lentes de contacto especiales con una nueva aplicación de alta tecnología. —dijo Marc.

—Puede dejarse de rodeos y ser más específico. —dijo el gobernador.

—Estos lentes contienen una codificación especial o pueden poseer varias. Son como una llave de acceso universal que les permite a los portadores de los mismos tener acceso a bóvedas de dinero, entrar libremente por puertas de seguridad o lograr acceso a computadoras con información confidencial que solo personal del Servicio Secreto pueden poseer, entre otras cosas. —repuso Marc.

—Me parece que está viendo muchas películas de ciencia ficción. No cree que suena estúpido caminar con unos lentes desechables que, de una manera fácil, lo puede obtener cualquier persona. Además, existen los códigos de barra para diferentes productos. Eso lo puede descodificar cualquiera que tenga una computadora y sea hábil. —dijo el gobernador.

—Señor gobernador, estos no son lentes comunes como los que se venden de colores o desechables. Los mismos están insertados dentro del ojo. Con una simple cirugía ambulatoria, en un quirófano clandestino, la persona puede implantarse estos lentes y pasar desapercibido. Estos códigos, si se desarrollan de la forma que sospechamos, pueden ser utilizados para desactivar protocolos de seguridad hasta activar bombas. —dijo Marc.

—¿Quién más conoce de esto? —preguntó el gobernador.

—Solo el agente Santiago y yo. —dijo Marc.

—Muy bien. Me parece que esta conversación debemos retomarla a la hora de la cena. No quiero que levante sospecha mi ausencia en la asamblea. Mi asistente se encargará de los detalles para el sepelio del fiscal y que la familia reciba todas las atenciones necesarias. Por cierto, ¿cuál es la coartada? —preguntó el gobernador.

—Se le notificó a la familia que el fiscal sufrió un ataque al corazón. Por casualidad, la familia se encontraba de paseo en las afueras de la ciudad cuando ocurrió el deceso. El fiscal planeaba encontrarse con ellos al día siguiente. —dijo Marc.

—Creo que la información que me acaba de dar es delicada y merece la mayor atención. Cuenta con mi apoyo y el de todo mi equipo de trabajo en este caso. Si necesita algo adicional, lo discutiremos más tarde. —caminando hacia la puerta—. En unos minutos debo presentar mi ponencia. Lo veo más tarde. —dijo el gobernador.

El gobernador salió de la oficina acompañado de uno de sus guardaespaldas. Entonces, Marc caminó entre los participantes en dirección a la puerta trasera del edificio. En las afueras dos agentes del Servicio Secreto lo esperaban.

Esa noche estaba programado un coctel de bienvenida y una gala para el disfrute de los gobernadores y sus allegados. El hotel se encontraba repleto de asistentes y algunos representantes del gobierno local que paseaban por los alrededores. Marc llegó al hotel por la parte lateral acompañado de dos agentes. En el área de la piscina se celebraba una fiesta de quinceañera y el sonido de la música era tan alto que se escuchaba por todos los alrededores.

Por órdenes de Marc, uno de los agentes permaneció dentro del coche. Mientras tanto, Marc y el otro agente caminaron hacia la puerta que daba hacia la cocina, cual se encontraba custodiada por un oficial de seguridad privado. El ruido de la música era tal que el oficial apenas podía escuchar lo que le decía el agente. Este sacó una identificación y el hombre le permitió entrar. Marc le indicó al agente que entrará primero. En ese instante, el agente logró entrar pero en cuestión de segundos se sintió la detonación de un arma. El agente de inmediato se volteó hacia Marc. Este se encontraba en el piso mal herido e inconsciente. Al parecer, la bala le había perforado cerca del corazón. El agente activó el protocolo establecido en estos casos, removiendo al herido de la escena sin causar mucha conmoción evitando llamar la atención probablemente pasando desapercibido. Horas más tarde, Marc se encontraba internado en uno de los hospitales de la capital. Los doctores habían intervenido al paciente exitosamente. Sin embargo, este se encontraba muy delicado dado a que la bala había lacerado muy cerca al pulmón y había perdido bastante sangre.

4 SANTIAGO

Lucas se encontraba dormido y abrazado a Pamela cuando de repente sonó el teléfono de la habitación. Tanto Lucas como Pamela se despertaron con el ruido. Lucas tomó la llamada.

—¡Buenos días!—dijo Lucas.

—Lucas, no tengo mucho tiempo. Marc está en el hospital. Anoche le hirieron. Te envié mi localización a tu teléfono celular. Te veo en una hora. —dijo Santiago.

—Entiendo. —dijo Lucas.

Lucas finalizó la llamada. Se levantó de la cama para buscar su teléfono celular y algo de ropa.

—Mi amor, Marc está en el hospital. Necesito llamar a Kenshi para que esté enterado de lo que está sucediendo. Luego, voy a encontrarme con Santiago. —dijo Lucas.

—No entiendo. ¿Qué hacen Marc y Santiago en Puerto Rico? —preguntó Pamela.

—No lo sé. Pero lo voy averiguar pronto. Necesito que Anna y tú se queden en el hotel con Kenshi, en lo que regreso. —dijo Lucas.

Este caminó a darse una ducha mientras leía el mensaje en su teléfono. Pamela se quedó sorprendida y preocupada por lo que estaba ocurriendo. Lucas acabó rápido de ducharse y llamó a Kenshi.

Kenshi y Anna se encontraban desayunando en el restaurante del hotel cuando recibieron la llamada.

—Kenshi, no puedo andarme con rodeos. Alguien atentó contra la vida de Marc. Necesito que te apresures y subas con Anna a mi habitación. —dijo Lucas.

—Estoy con ella terminando de desayunar. Vamos de inmediato. —dijo Kenshi—. Muy serio.

—¿Y esa cara? —preguntó Anna—. Al notar la seriedad en el rostro de Kenshi.

—Sucedió algo. No podemos hablar aquí. Tenemos que ir a la habitación de tu tía sin levantar sospechas. ¿Me puedes regalar una sonrisa? —dijo Kenshi.

—A ti todas las que quieras pero me tienes intrigada. —dijo Anna.

—Yo estoy más intrigado que tú. —dijo Kenshi—. Mientras se levantaba de su silla.

Anna se retiró de la mesa y tomó del brazo a Kenshi. Ambos se alejaron del lugar.

En la habitación, Pamela acabó de vestirse y maquillarse. Lucas miraba su reloj y caminaba de lado a lado.

—Te siento demasiado nervioso. —dijo Pamela.

—Perdona que te haya arruinado el día. Sé que anhelabas unas vacaciones sin interrupciones. —él la tomó en sus brazos—. Esto es algo que no está bajo mi control. Te prometo regresar pronto. —dijo Lucas.

Pamela acerca sus labios a los de él. Esta le da un tierno beso. De repente, alguien toca a la puerta. Lucas se separó de ella y fue a comprobar quien estaba tocando. Afortunadamente, eran Kenshi y Anna. Este abrió la puerta.

—Adelante. —dijo Lucas.

Anna se adelantó y saludó a su tía. Cuando estaban ubicados en el lugar Lucas se dirigió a todos.

—Seré breve. Voy a encontrarme con Santiago para saber más detalles sobre la salud de Marc. Necesito que Kenshi cuide de ustedes en lo que regreso. Como aún no tenemos detalles de lo que está sucediendo hay que ser precavidos. Solo por hoy, no salgan del hotel. —dijo Lucas.

Lucas tomó su arma y se puso una chaqueta para ocultarla. Le dio un beso de despedida a Pamela y salió del lugar.

Pasada una hora, Lucas llegó al lugar que Santiago le había indicado por mensaje de texto. Con mucha cautela revisó el área, como nada levantaba sospechas se bajó del coche y entró a una tienda de instrumentos musicales. Allí solo se encontraba una pareja junto a su hija evaluando unas guitarras y una vendedora le mostraba las mismas. Fue entonces que, un hombre encargado de la tienda se le acercó.

—¿En qué le puedo ayudar? —preguntó el hombre.

—¿Tiene algún cuatro en caoba para la venta? —preguntó Lucas.

—Sí. Tenemos ese instrumento musical. Hay algunos recién llegados en el almacén. Esa puerta al fondo color azul es la que lo llevará a ver nuestra variedad. Utilice el código cero, dos, dos, ocho. —dijo el hombre.

Lucas llegó hasta la puerta y entró el código. Una luz diminuta en el panel le indicó que la puerta estaba abierta. Sin perder más tiempo pasó al interior del almacén. Allí Santiago lo estaba esperando.

—¡Al fin llegas! —dijo Santiago.

—Necesito me digas donde está Marc y que está sucediendo. Sin rodeos. —dijo Lucas.

—Marc está estable dentro de su condición. Él está custodiado por nuestros agentes. Aquí está la dirección. —le entrega un papel con la dirección del lugar—. Ahora la situación se complica pues es a mí a quien andan buscando. —dijo Santiago.

—¿Por qué te buscan? —preguntó Lucas.

—Marc se encontraba realizando una investigación, junto a otros agentes sobre una confidencia que recibió relacionada a la muerte de un fiscal. El occiso era muy allegado al gobernador de Florida. Marc se presentó a la ceremonia de la asamblea anual de gobernadores a notificarle al gobernador sobre la muerte del fiscal. Entonces, el gobernador le pidió que se reunieran más tarde en el hotel para hablar con detenimiento sobre el asunto. Marc se encontraba en el área de visitas prevista cuando alguien de algún lugar cercano le disparó. El ambiente de celebración y la música alta evitaron que los presentes se percataran de lo que estaba ocurriendo. Nuestros agentes actuaron de inmediato sin levantar sospechas recogieron a Marc y lo llevaron rápidamente al hospital. —dijo Santiago.

—¿Encontraron al que le disparó? —preguntó Lucas.

—No. El agente William se encontraba cerca del perímetro, registró el edificio pero aún no se ha encontrado huellas o pistas que puedan identificar al que le disparó. —dijo Santiago.

—¿Por qué me informas a escondidas todo esto? —preguntó Lucas.

—Tan pronto supe lo que le pasó a Marc tomé un avión hacia la Isla. Yo no quise poner sobre aviso ya que soy la única persona que conoce todo sobre la investigación que Marc estaba realizando. En este instante, deben de estar buscándome hasta por debajo de las piedras. Por otro lado, la única persona de confianza de Marc eres tú. Vine a prevenirte sobre lo que está sucediendo. —dijo Santiago.

—¿Qué descubrió Marc? —preguntó Lucas.

—Existe un grupo de delincuentes utilizando una nueva tecnología de lentes de contacto. No son los lentes comunes que se desechan. Estos son incrustados en el ojo para pasar desapercibidos y no levantar sospechas. Los mismos poseen códigos de acceso. Con esta nueva tecnología pueden tener acceso a diferentes equipos y tecnologías muy sofisticadas sin requerir una llave o huella dactilar. —dijo Santiago.

—¿Qué pasó con el fiscal? ¿Qué relación tiene con el gobernador? —preguntó Lucas.

—Sospechamos que el fiscal consiguió información que involucraba a estos maleantes con la campaña del gobernador. —dijo Santiago.

—Necesito nombres y todo la información que tengas del caso. —dijo Lucas.

—Aquí traje esta computadora que está preparada con toda la información que necesitas y con los accesos de seguridad de Marc. —dijo Santiago.

Este se hallaba parado cerca de una mesa y sujetando un maletín que se encontraba sobre esta.

—Además, tienes dinero en efectivo, tarjetas de crédito, algunos pasaportes y credenciales. Sé que vas a necesitar contactar a tu familia y por eso añadí cuatro teléfonos adicionales. —dijo Santiago.

—Muy bien. —dijo Lucas—. Este se acercó y tomó el maletín.

—Sospecho que no vas a tener que salir de la Isla. Hace algunos años Puerto Rico está siendo utilizado como eslabón para realizar ciertos negocios ilícitos con otros países. Sospechamos que tales cirugías se están realizando clandestinamente aquí en la Isla. —dijo Santiago.

—Estudiaré la información pero necesito ver a mi amigo en el hospital. ¿Puedes hacer los arreglos? —preguntó Lucas.

—Cuenta con eso. —dijo Santiago.

—Bien. ¡Hasta pronto¡ —dijo Lucas.

Lucas dio vuelta y salió hacia el establecimiento. Por el camino, iba delineando una estrategia para proteger a Pamela y Anna de esta situación. Minutos después, este utilizó el panel del coche y marcó al teléfono celular de Kenshi.

—¡Hola! ¿Estás bien? —preguntó Kenshi.

—Sí. El asunto se complicó. Hagan las maletas rápidamente pues tenemos que salir de ese hotel e irnos a un lugar más seguro. —dijo Lucas.

—Lo haremos de inmediato. Yo me encargo de todo. —dijo Kenshi.

—Me voy a encargar de rentar un helicóptero que los transportará a otro lugar. Voy a necesitar de tu apoyo en esta nueva misión. —dijo Lucas.

—Claro. —sin perder de vista a Pamela y Anna que estaban caminando por la piscina—. Creo que a las chicas no les va a gustar. —dijo Kenshi.

—Ellas van a entender. Les devolveremos cada segundo perdido de estas vacaciones. —mirando el reloj—. En unos minutos llego al hotel. —dijo Lucas.

—Entendido. —dijo Kenshi—. Terminando la llamada.

En la habitación se encontraba Pamela mirando por la ventana. Esta observaba a la gente que caminaba por la playa. Fue entonces que, Lucas llegó a la habitación. Pamela caminó a recibirlo y le dio un abrazo.

—Mi amor, me tenías muy preocupada. Trate de caminar por el área de la piscina para complacer a Anna pero, no dejaba de pensar en ti. ¿Sabes algo más de Marc? —dijo Pamela.

—Se encuentra estable. Las personas que le hicieron daño a Marc están detrás también de Santiago. En el camino te explico todo. Ahora necesito llevarte a ti y a Anna a un lugar seguro. El helicóptero nos está esperando muy cerca de aquí. —dijo Lucas.

—Puedo saber, ¿a dónde nos llevas? —preguntó Pamela.

—Vamos al lugar donde por primera vez nos conocimos. Allí alguien muy especial nos espera. Lo voy a llamar en el camino. —dijo Lucas.

—El viejo Fisher estará feliz de vernos. —dijo Pamela.

—Vamos. —recogiendo las maletas—. Ya es hora de irnos. —dijo Lucas.

Ambos salieron del lugar para encontrarse con Kenshi y Anna.

5 LUGAR SEGURO

El helicóptero se dirigió hacia la pequeña isla donde se encontraba Fisher esperándolos. Los laboratorios a los cuales Pamela Miller había dedicado muchos años se encontraban deshabitados.

Lucas aterrizó el helicóptero en el lugar. De inmediato, Fisher junto a una niña salieron a recibirlos. Kenshi ayudó a Anna a bajar del aparato. Mientras, Fisher le abrió la puerta a Pamela para ayudarla a bajar del mismo. Lucas se encargó de apagar los controles y luego bajó del aparato. Pamela caminó unos cuantos pasos junto a Fisher y observó las orquídeas que aun decoraban el lugar.

—Me siento como en mi casa. —dijo Pamela—. Se volteó y le dio un fuerte abrazo a Fisher.

—Bienvenida. —le dio un beso en la mejilla—. Estas muy delgada y me parece que te hace falta comer algo fresco como esos deliciosos pescados que yo solía prepararte. —dijo Fisher.

—No sabes cómo los extraño. A ver, ¿quién es esta guapa jovencita? —preguntó Pamela.

—Ella es Isamar, es hija de una de mis sobrinas y está pasando unas cortas vacaciones con este viejo. —dijo Fisher.

—¡Hola Isamar! —dijo Pamela—. Le extendió la mano para saludarla.

—¡Hola! —dijo Isamar—. Tomándole la mano a Pamela para responder.

—Los científicos que trabajan aquí están muy ocupados y no le dedican tiempo a vigilar la fauna y la flora de este lugar. Esto sin ti, es como un castillo sin princesa. —dijo Fisher.

—Bueno, en el poco tiempo que estaremos aquí, vamos a darle atención y cariño al lugar. Vamos a aprovechar para que Anna conozca el lugar, tus historias y saboree los ricos pescados que preparas. —dijo Pamela.

—Me parece bien. Este lugar es un paraíso. —dijo Lucas—. Se acercó a Fisher.

Fisher se volteó a saludar a Lucas, a Kenshi y a Anna.

—Sean todos bienvenidos. Vamos hacia la residencia. —señalando el camino—. Allí estarán más cómodos. —dijo Fisher.

Una hora más tarde, Fisher preparó una cena para todos con pescados frescos, frutas y algunos vegetales. Entre bromas y anécdotas del viejo Fisher pasaron una velada muy entretenida. Al llegar el momento de retirarse a sus habitaciones, Pamela le pidió a Lucas dar un paseo por los alrededores. Este aceptó y salieron tomados de la mano a caminar. A unos cuantos metros, se encontraba la mejor vista hacia el mar. El cielo estaba repleto de estrellas. En ese sitio ambos se sentaron en el suelo para contemplar la hermosa vista.

—Lucas, quiero que me prometas algo. —dijo Pamela.

—Tú dirás. —dijo Lucas.

—Que vas a regresar para cumplirme la promesa que me hiciste, tú y yo, toda la vida juntos. —dijo Pamela.

—Te lo prometo. —le da un beso tierno en la boca y se separa—. Ahora tú también tienes que… contestarme una pregunta. —dijo Lucas.

—Pregúntame lo que quieras. —dijo Pamela.

—Nunca te he preguntado esto y quiero saber tu respuesta. Antes que me respondas quiero que sepas que voy a respetar tu decisión. —dijo Lucas.

—Amor, ¿cuál es la pregunta? —preguntó Pamela.

—¿Te gustaría tener hijos? —preguntó Lucas.

Pamela se quedó pensativa por un instante. Lucas le tomó las manos.

—Es una responsabilidad muy grande. Nuestras vidas cambiarían totalmente. —lo miró muy fijo a los ojos—. Sabes que te amo con toda mi alma. —le sonrió—. Nada me haría más feliz que ser madre. —dijo Pamela.

Lucas emocionado la abrazó y le dijo al oído: "te amo y voy a regresar por ti. Nada en el mundo nos va a separar". Pamela le respondió de igual manera: "Te amo, nunca lo olvides y voy a esperar el tiempo que sea necesario". En ese hermoso instante ambos se demostraron entre caricias y besos lo mucho que se amaban.

Al día siguiente, en una de las oficinas aledañas al laboratorio, Lucas y Kenshi cotejaban varios archivos de la computadora para ponerse al tanto de las cuentas bancarias que estuvo investigando Marc. En las mismas, aparecieron varios nombres de políticos y reconocidos empresarios. Existía un archivo repleto de fotos tomadas a varios empresarios contribuyentes a la campaña electoral del gobernador de la Florida. Uno de los correos electrónico más recientes mostraba algunas fotos de almacenes abandonados en la capital.

Lucas tomó su teléfono celular y le marcó a Santiago.

—¡Buenos dias¡ Le tengo buenas noticias. —dijo Santiago—. Al responder la llamada.

—Primero necesito saber, ¿cómo se encuentra Marc? —preguntó Lucas.

—Mucho mejor y reaccionando favorablemente. Se encuentra en el séptimo piso, en la habitación setecientos cuatro. Puede visitarlo cuando quiera. Ya hice las gestiones necesarias en el hospital para que puedan pasar. —dijo Santiago.

—Excelente. En cualquier momento pasaremos a verlo. ¿Qué sabe sobre unos almacenes que estaba investigando Marc en la capital? —dijo Lucas.

—Marc iba tras la pista que nos indicó una de nuestros colaboradores. Este reportó que había un movimiento reciente de personas sospechosas en estos almacenes. Los arrestados resultaron ser vendedoras de drogas. Ninguno poseía los lentes de contacto especiales que tanto estamos buscando. —dijo Santiago.

—¿Cómo los examinaron? —preguntó Lucas.

—En el maletín hay un par de gafas especiales que se utilizan para poder detectar los lentes codificados. Esos lentes tienen un anillo que contienen una sustancia especial parecida al color del iris. El anillo se conecta a un microchip que funciona en combinación con una antena. El color del iris sirve para disimular el anillo, el sensor y la antena. Como verás, en ese anillo es que están grabados los códigos. Las gafas pueden leer esos códigos —dijo Santiago.

—¿Analizaron las transacciones de compras y venta de materiales?, ¿dónde se fabrican en la Isla? y ¿quién puede estar supliendo ese material en exceso en el mercado? —preguntó Lucas.

—Sí. Hemos estado analizando a las distintas empresas dedicadas a manufacturar estos lentes pero, aun no sea ha podido identificar las transacciones sospechosas. —dijo Santiago.

—Necesito la lista de informantes que tenía Marc. Es imprescindible saber dónde están y que están haciendo. No se pueden cometer más errores. Cada segundo cuenta. —dijo Lucas.

—Le estoy enviando los nombres al correo electrónico. Uno de ellos fue discípulo suyo y la otra persona entró en la academia justo el mismo año que Marc y usted lo hicieron. —dijo Santiago.

En la pantalla de la computadora recibió un correo electrónico. Lucas abrió el mensaje. El mismo decía lo siguiente: "Enrique Rivera y Rose Scott". Kenshi se sonrió al ver los nombres.

—Me parece haber escuchado ese nombre en un juego de póquer. —dijo Kenshi.

Lucas se mantuvo en silencio.

—Los viejos amores regresan cuando menos te lo esperas. —dijo Kenshi.

—En mi vida solo existe una mujer. A la que amo y pronto ante los ojos de Dios será mi esposa. —dijo Lucas.

—Así se habla maestro. —dijo Kenshi.

—Santiago, le agradeceré que me mantenga al tanto de todo. ¡Hasta luego! —dijo Lucas—. Dando por terminada la conversación.

—Cambio y fuera. —dijo Santiago.

En esos momentos, llegó Fisher acompañado de Pamela y Anna a la oficina donde se encontraban ambos trabajando. Lucas y Kenshi cerraron sus computadoras pues ya estaban listos para partir.

—¿Ya se van? —preguntó Anna.

—Sí. Tenemos que irnos. Vamos a visitar a Marc para poder hablar con él. Él debe saber o sospechar quién lo atacó y porqué. —dijo Kenshi.

—Bueno. Ya está todo listo. Estos teléfonos celulares son para Pamela y Anna. Así nos mantendremos comunicados el tiempo que sea necesario. ¿Nos acompañan hasta el jardín? —dijo Lucas.

—Por supuesto mi amor. —dijo Pamela—. A la vez que guardó el teléfono en el bolsillo y después tomó de la mano a Lucas.

En ese instante, todos salieron al jardín cerca del lugar donde se encontraba el helicóptero. Kenshi se despidió de Anna y Lucas de Pamela. Luego, Lucas se acercó a Fisher.

—Cuídalas a ambas. —dijo Lucas.

—Este viejo siempre las va a proteger aunque no me lo pidan. —dijo Fisher.

—Me mantendré en contacto con ustedes. —dijo Lucas.

—Vayan tranquilos. —dijo Fisher.

Kenshi y Lucas caminaron hacia el helicóptero. Ambos despegaron y se alejaron del lugar. Pamela observó el helicóptero hasta que se perdió a la vista.

6 HOSPITAL

El hospital donde Marc recibía atención médica, estaba vigilado las veinticuatro horas. Solo el personal del Servicio Secreto seleccionado por Santiago podía estar en los alrededores. Además, un agente del Servicio Secreto permanecía en el pasillo supervisando las visitas. Ese día, el doctor y la enfermera de turno culminaron temprano los estudios de rutina que le realizaron a Marc. Los signos vitales y su presión sanguínea se encontraban controlados por los medicamentos suministrados. El paciente se mantenía consiente con la condición de que no realizara esfuerzos que lo debilitaran.

Por otra parte, Lucas y Kenshi aterrizaron en el helipuerto del hospital. El agente William se encontraba esperándolos. Al bajarse del helicóptero, ambos caminaron junto al agente hacia la puerta que los llevaría al interior del edificio. Ya en el interior del mismo estos tomaron el ascensor hasta el séptimo piso. A unos cuantos pasos se encontraba la habitación de Marc. El agente que se encontraba de turno al ver que ambos estaban acompañados por el agente William les permitió el paso. El agente William permaneció en el pasillo mientras Lucas y Kenshi entraron a la habitación. Ya estando dentro del cuarto observaron que Marc permanecía tranquilo mirando hacia la ventana.

—Me parece que te hace falta un poco de aire fresco. —dijo Lucas.

Marc se sonrió, apretó el botón del control de la camilla para ajustar el espaldar y quedar un poco más elevado.

—Creo que arruiné tus vacaciones. Pamela debe estar odiándome. —dijo Marc.

Lucas y Kenshi se acercan a la camilla donde él se encontraba.

—Ella no está molesta. Al contrario, todos están preocupados por tu salud. —dijo Lucas.

—Eso me alivia la conciencia. —este intentó acomodarse en la camilla y Lucas le arregló la almohada—. Santiago me confirmó que estás haciéndote cargo de la misión. No tienes que hacerlo. —dijo Marc.

—Hermano, vamos a terminar esta misión y encontrar el infeliz que te disparó. Lo único que necesito de ti es que te recuperes pronto. De lo demás me encargo yo. —dijo Lucas.

—¿Pudo ver quién lo atacó? —preguntó Kenshi.

—No. Todo sucedió muy rápido. —dijo Marc.

—¿Sospechas de alguien? —preguntó Lucas.

—Las únicas personas que tenemos la información relacionada a esta investigación somos Santiago y yo. En mi última conversación con el gobernador de Florida se lo dejé saber. Es evidente que alguien ligado al gobernador quiere sacarme de la investigación. —dijo Marc.

—Hermano, me intriga algo. ¿Por qué seleccionaste en tu equipo de trabajo a Enrique Rivera y Rose Scott? —preguntó Lucas.

—Enrique habla español. Desde hace tres años, él colabora como encubierto en la división contra el narcotráfico y tiene a su cargo las regiones de Republica Dominicana y Puerto Rico. —dijo Marc.

—¿Y Rose? —preguntó Lucas.

—Rose habla cuatro idiomas, es una especialista en asuntos de tráfico de armamentos y su primera misión ocurrió en Puerto Rico. ¿Se te olvidó? —preguntó Marc.

—No. En lo absoluto. —dijo Lucas.

—De alguna manera, siempre el narcotráfico y las armas ilegales están ligadas al bajo mundo. Los que están fabricando estos lentes son muy hábiles y harán lo imposible para transportar su mercancía sin dejar huellas. Ustedes deben de comunicarse con Enrique y Rose lo más pronto posible. Recuerden que, la investigación está muy avanzada. —dijo Marc.

—Al salir de aquí lo haremos, Santiago nos ayudará a comunicarnos con ellos. ¿En quién confiaba el juez que asesinaron? —preguntó Lucas.

—El juez tenía una amante. Su nombre es Bárbara Espinoza. Es una de las directoras de campaña del gobernador de Florida. —dijo Marc.

—Por cierto, vi en los archivos de la computadora que ella estaba registrada en uno de los hoteles cercanos al lugar que lo atacaron a usted. —dijo Kenshi.

—Rose tiene a cargo la investigación para ver que vínculo existe entre Bárbara y los fabricantes de los lentes. —dijo Marc.

—No perdamos más el tiempo y vamos por Bárbara. Algo tiene que saber y está ocultando. —caminando hacia la salida de la habitación—. Marc, te mantendremos informado. —dijo Lucas.

—Eso espero. —dijo Marc.

—La próxima vez espero poder saludarlo fuera de aquí. —dijo Kenshi—. A la vez que salió de la habitación del hospital.

Al salir del hospital, Lucas y Kenshi viajaron en el helicóptero en dirección del aeropuerto de la capital. Durante el camino, Kenshi llamó a una compañía de alquiler de coches. Al llegar al hangar le esperaba el coche rentado. Al finalizar el aterrizaje, Kenshi bajó del aparato y se acercó para firmar los papeles del alquiler. Mientras tanto, Lucas se comunicó con Santiago.

—En unas horas, me urge realizar una videoconferencia entre todos. Cuando digo todos me refiero a ti y los dos agentes asignados al operativo. —dijo Lucas.

—Entendido. —dijo Santiago.

Lucas terminó la llamada.

—Kenshi, localiza un local comercial para alquilar de inmediato cercano de la zona llamada La Milla de Oro. De esta forma, vamos a estar cerca de las oficinas centrales del área bancaria. Luego, investiga las compañías encargadas de las redes de informática de estos bancos. —dijo Lucas.

Pasados unos varios minutos, Kenshi alcanzó localizar al administrador de un local comercial excelente para realizar parte del operativo. Ambos acordaron encontrarse en media hora en el lugar. El local comercial se hallaba ubicado en un edificio de veinte pisos. Este era un lugar constituido mayormente por oficinas administrativas de abogados, contables, ingenieros y arquitectos. En el primer nivel se encontraba un banco, una librería, una cafetería y una tienda de reparación de teléfonos celulares.

Acto seguido, Lucas se encontraba a una corta distancia estudiando la zona. Kenshi revisó el local comercial y logró cerrar el acuerdo con el administrador. Entonces, éste le informó a Lucas que tenía las llaves del lugar.

7 CEMENTERIO

La tarde estaba soleada, un hombre alto, de piel bronceada, con lentes de sol y portando unas flores se hallaba acompañado de un can. Este iba caminando por el cementerio. En el lugar se observaba algunas personas visitando el lugar y el personal de mantenimiento realizando sus labores rutinarias. Luego de caminar por varios minutos, el hombre se acercó a una de las lápidas. Un niño curioso que se encontraba en el lugar se acercó para tratar de acariciar el animal.

—Disculpe señor. —dijo el niño.

—¿Qué se te ofrece? —dijo el hombre.

—Mi nombre es Emanuel. ¿Cómo se llama usted? —preguntó el niño.

—Me llamo Leo. —dijo el hombre.

—¿Cómo se llama el perro? —preguntó el niño.

—Es una perrita y se llama Azul. —dijo el hombre.

—¿Puedo tocarla? —preguntó el niño.

—Claro. Ella es muy dócil y no te hará ningún daño. —dijo el hombre.

El niño observó una de las placas del collar de la perrita. En ella se leía unas iniciales.

—¿Qué significan esas letras? —preguntó el niño.

—Significa animal de apoyo emocional. —dijo Leonard.

La perrita tenía un perfil parecido a un "Collie". Esta tenía un pelaje sedoso. El lomo era de color dorado, con la cara color blanco como su abdomen y sus patas. El niño acarició suavemente la perrita y le dio un beso en la cabeza. Transcurridos unos minutos, la madre del niño le llamó, el niño le dio las gracias al hombre y se fue. El hombre colocó las flores en uno de los jarrones de la lápida. Este se quedó observando la lápida por un instante.

—Hija, mira a quien te traje hoy. La lleve a vacunar para que esté protegida y cuidada tal como tú amabas hacerlo. Hasta un collar nuevo le compré. —dijo el hombre—. Con lágrimas en los ojos.

El hombre sacó un pañuelo para limpiar sus lágrimas, respiró profundamente y apretó fuertemente su puño derecho.

—Hija, aquí frente a esta tumba juré que iba a vengar tu muerte y lo estoy cumpliendo. Nunca me resignaré a tu pérdida y van a pagar los que te alejaron de mí y todos los que se interpongan. Te lo juro. —dijo el hombre.

El hombre guardó su pañuelo y se retiró del lugar.

Mientras, en la zona portuaria de la capital, Enrique Rivera circulaba entre los trabajadores de los muelles que realizaban labores en el lugar. Ese día se habían recibido confidencias que un vagón con un cargamento especial sería recibido en uno de los muelles. La mercancía provenía de una compañía de manufactura de lentes de contacto procedente de República Dominicana. Los encubiertos de la policía local rodeaban la zona.

A cierta distancia se observó que uno de los vagones almacenados en el lote empezó a incendiarse. Los empleados del muelle se movilizaron inmediatamente para apagar el fuego. Mientras se esperaba la llegada del camión de bomberos, el equipo de emergencia apareció con un camión de agua para apagar el incendio.

A una corta distancia, el vagón con la mercancía de lentes de contacto fue interceptado por la policía local. Los investigadores y los perros entrenados de la policía entraron al vagón para inspeccionarlo. Efectivamente, entre las cajas se encontró algunos paquetes de fármacos controlados sin reportarse durante el proceso de embarque. Uno de los investigadores salió del lugar a informarle a Enrique lo que se encontró durante el operativo. Este cotejó minuciosamente el informe.

—Maldita sea. Esto estuvo muy fácil. —mirando alrededor de todo el perímetro, como buscando algo—. Necesito un reporte de todos los camiones con carga que salieron de la zona mientras ocurrió el incendio. Creo que todo esto fue para despistarnos. —dijo Enrique.

—Enseguida, señor. —dijo el investigador.

Enrique tomó su teléfono celular y marcó para contactar a Santiago. Este se encontraba analizando unos datos en la computadora cuando timbró el teléfono. De inmediato, al ver la llamada respondió.

—¡Bueno! —dijo Santiago.

—El vagón de lentes de contacto fue una farsa. Era un señuelo para despistarnos entretanto se apagaba otro vagón que se incendió justo durante el operativo. Solicité un reporte de todos los camiones que salieron del lugar. De alguna forma, nos descubrieron. —dijo Enrique.

—Hace varios minutos recibí instrucciones de Marc. De ahora en adelante, toda la operación será supervisada por Lucas Maxwell. Marc aún se encuentra en recuperación y la única persona de absoluta confianza es Lucas Maxwell. En una hora tienes que reportarte al lugar designado dado que recibirás mediante un código unas instrucciones especiales en tu computadora. Luego, destruyes la información. Estoy enviando a Lucas unas computadoras nuevas para todo el personal así como otros equipos. Él dio instrucciones que se mantenga la base de datos en el centro de operaciones donde me encuentro. Ustedes tendrán otro centro de operaciones. —dijo Santiago.

—¿Le informaron a Rose? —preguntó Enrique.

—Lucas se va a encargar de contactarla. —dijo Santiago.

—Perfecto. —dijo Enrique.

—De ahora en adelante, todos trabajamos bajo las órdenes de Lucas. —dijo Santiago.

—Mi centro de operaciones es rodante, así que nos mantendremos en contacto. —dijo Santiago.

—¡Buena suerte! —dijo Enrique.

—A ustedes, también. —dijo Santiago.

—Cambio y fuera. —dijo Enrique.

8 FERIA

Una de las universidades de mayor prestigio se hallaba celebrando una feria para recaudar fondos a beneficio de un santuario de felinos y caninos. Como parte del programa de actividades, la institución ofrecía unos seminarios y charlas en los salones de conferencia. En los alrededores, los profesores y estudiantes interactuaban con funcionarios del gobierno local y algunos gobernadores de los Estados Unidos. Entre los asistentes que habían confirmado su asistencia se encontraba Bárbara Espinoza sustituyendo el gobernador de la Florida. Como parte del protocolo de seguridad de los invitados especiales, en las cercanías se mantenían los guardaespaldas de los altos funcionarios y sus escoltas.

Una multitud de visitantes patrocinaba el evento, Rose caminaba entre los puestos de información observando las actividades y personas que se encontraban en el lugar. De pronto, recibió un mensaje de texto en su teléfono celular que leía lo siguiente: "observa el puesto número siete". Rose se volteó para mirar y para su sorpresa vio a Lucas Maxwell. Esta guardó el teléfono en su bolsillo y caminó hasta el estacionamiento de varios pisos. Allí tomó el ascensor que la llevaría al último piso. Lucas se adelantó y tomó el otro ascensor para alcanzar a Rose. Minutos después, Lucas salió del ascensor y se acercó a Rose.

—¡Hola, Lucas! —dijo Rose—. Muy seria.

—Primero que nada, te debo una disculpa. No pude despedirme de ti para poder explicarte que había sido enviado por unos meses a Europa. No tuve oportunidad alguna. En el avión que me transportó a mi nueva misión se encontraba el Presidente de los Estados Unidos. Luego, intenté comunicarme contigo y no contestaste mis mensajes. —dijo Lucas.

—Marc me lo explicó todo. No te niego que me dolió mucho. —se le aguaron los ojos—. Aun así, tu disculpa no va a cambiar para nada lo que pasó entre nosotros. Ambos decidimos estar en esto y conocemos los riesgos. —respira profundo—. Supe que te casaste. ¿Cómo están tu esposa y tu hija? —dijo Rose.

—Hace un tiempo perdí a mi hija y a mi esposa en un accidente de tránsito. Al tiempo, regresé al trabajo y aquí me tienes. —dijo Lucas.

—Lo siento mucho. Fue una imprudencia mía el preguntarte. —dijo Rose.

—No tienes que disculparte. —dijo Lucas.

—¿Qué tienes en mente? Sé que Marc te tiene al frente de esta misión en lo que él se recupera. —dijo Rose—. Mirando directamente a los ojos a Lucas.

—¿Qué sabes de Bárbara Espinoza? —preguntó Lucas.

—La he estado vigilando y he rastreado sus llamadas. Tengo la grabación de sus conversaciones de teléfono. En particular, hay un hombre que la ha llamado, el cual aún no menciona su nombre pero, mantienen un negocio en común. Las llamadas han sido breves y hablan en clave. Tengo las copias para enviarlas al laboratorio a ver que pueden descifrar. —dijo Rose.

De repente, se siente una explosión en la cafetería cercana a los salones de conferencias donde se encontraba Bárbara. Las alarmas de seguridad de los coches del estacionamiento comenzaron a sonar. Lucas y Rose se acercaron a la pared que bordeaba el estacionamiento para ver lo que había ocurrido. El humo proveniente del fuego opacaba la visibilidad. Las personas salían despavoridas del lugar. Entretanto, los guardaespaldas de los gobernadores y otros oficiales del gobierno estaban siendo evacuados a sus coches para abandonar de inmediato el lugar. Entre el humo, Rose logró ver a Bárbara que se desplazaba entre la gente hasta lograr llegar a uno de los coches.

—Hay que seguirla. —dijo Lucas.

—De seguro va hacia el hotel. Es el único lugar seguro para ella. —dijo Rose.

Rose y Lucas caminaron rápido hacia las escaleras de emergencia. En varios minutos, lograron llegar hasta la planta baja del estacionamiento. Allí, Rose sacó sus llaves que contenía un dispositivo para encendido remoto y encendió el coche. En el exterior, los guardias de seguridad se hallaban controlando el tráfico para sacar a las personas del lugar. En un instante, ambos lograron salir del estacionamiento para dirigirse hacia la carretera principal y tomar la ruta más corta que los condujo hacia la zona hotelera.

—Bárbara es una mujer que cuida mucho sus movimientos. No se presta para conferencia cuando se trata de escándalos o situaciones como la que acaba de pasar. De seguro, seguirá su itinerario. En dos horas tiene programado asistir a su cita para un masaje corporal. Nunca falta a esas citas. —dijo Rose.

—Si ese es tu plan, vamos entonces por ella, tenemos que interrogarla. —dijo Lucas.

Pasada una hora, Rose se encontraba vestida con un uniforme de mantenimiento, cerca del salón de masajes del hotel. Esta, tomó un canasto con ruedas que se utiliza para transportar las toallas del hotel. Minutos después, iba recogiendo y reemplazando las toallas en los cuartos del salón de masajes.

Lucas se encontraba esperando que algún empleado del cuarto de seguridad saliera. En un instante, un empleado salió del lugar y de una forma rápida, sin levantar sospechas, este entró por la puerta de acceso. Lucas aprovecho el momento, caminó por el lugar hasta llegar a los paneles de comunicaciones y allí colocó un aparato que bloqueó todas las señales de las cámaras de seguridad. Con la ayuda de Kenshi, quien se encontraba aún en la oficina que habían rentado, controlaban los visuales de las cámaras.

Rose continuaba recogiendo toallas y reemplazando estas por nuevas. Al llegar a la oficina de la administradora, hábilmente logró entrar y ver la agenda de las citas. Esta se percató que Bárbara iba a estar en el cuarto número trece. De inmediato, esta salió del lugar, se dirigió al final del pasillo, para no levantar sospechas entre los empleados.

Rose, se acercó a una de las puertas de emergencia, abrió la misma para que Lucas tuviese acceso al lugar. Lucas la estaba esperando y de inmediato pudo entrar. Ambos caminaron hacia el cuarto de mantenimiento para allí esconderse. El cuarto de mantenimiento era muy pequeño, tropezaban uno con el otro.

Lucas se volteó hacia Rose y quedaron muy cerca uno de otro. Rose aprovechó y se acercó un poco más. Lucas la miró a los labios pero optó por no besarla.

—Ya tenemos las cámaras de seguridad controladas. ¿En cuál de los cuarto de masajes estará Bárbara? —preguntó Lucas.

Rose se alejó para abrir y mirar por la rendija de la puerta.

—El número trece. Es el que está al final del otro pasillo. Yo me encargo de la masajista de turno. Ya la vi que entró al baño. —acercándose a Lucas—. En unos minutos, me encargaré que esté dormida. —dijo Rose.

—Excelente, te veo en unos minutos en el cuarto de masajes. —dijo Lucas.

—Debajo de esas toallas esta una bata para que te la pongas. —dijo Rose—. Con voz suave.

Esta señaló hacia uno de los gabinetes a la vez que se estaba preparando para salir.

Sin esperar otro reacción de Lucas, Rose empujó la puerta del cuarto de mantenimiento y se dirigió al baño para alcanzar a la masajista. Al abrir la puerta del baño notó que la masajista estaba arreglándose sus medias.

—Servicio. —dijo Rose—. Tocando la puerta.

—Necesito unos minutos más para terminar de arreglarme. —dijo la masajista.

—No se apure. Yo solo voy a verificar los suministros de papel. Salgo rápido. —dijo Rose.

—Si es así, adelante. Puede pasar. Ya yo estoy casi terminando. —dijo la masajista.

—Gracias. —dijo Rose.

La masajista sacó de la bata un polvo de maquillaje para la cara y comenzó a aplicárselo. Rose se acercó a una de los cubículos verificando si tenían sus suministros. Al llegar a la última puerta, cerca donde estaba la masajista, sacó una jeringa de su ropa y en un movimiento rápido le tapó la boca a la masajista y le administró un sedante. En unos pocos minutos, la masajista terminó de forcejear y quedó dormida. Rose la arrastró a unos de los cubículos. Le quitó la bata, la acomodó para no levantar sospechas y después salió vestida con la bata del lugar.

Lucas caminó hasta el cuarto de masajes. Al entrar al cuarto, no había nadie en el lugar. Era un cuarto privado dividido en tres áreas. En un espacio estaba la camilla de masajes, con gabinetes alrededor, los equipos de masaje y las velas aromáticas. En otra área se hallaba un baño privado seguido de un pequeño almacén para guardar las cremas, los aceites, las toallas y otros productos. Lucas inspeccionó el lugar y se ubicó en el almacén.

Bárbara llegó al cuarto de masajes acompañada de una de las empleadas del lugar y su guardaespaldas. Esta, le abrió la puerta y le indicó que fuera preparándose en lo que su masajista llegaba. Bárbara le dijo a su guardaespaldas que la esperara en la recepción. Luego, esta entró al cuarto y fue hasta el baño para quitarse la ropa y ponerse una bata.

Rose observaba desde un lado del pasillo sin levantar sospechas. Esta al ver que la recepcionista y el guardaespaldas se alejaban entró al cuarto llevando puesta la bata de la masajista. Esta fue al almacén, vio a Lucas y tomó los frascos de las cremas. Lucas se mantuvo oculto. En unos pocos minutos, Bárbara salió del baño. Rose al escucharla, salió del almacén con unos pomos de crema en la mano.

—¿Quién es usted? —preguntó Bárbara.

—Soy su nueva masajista. María no vendrá a trabajar hoy y la administradora me solicitó que la asistiera. —notó a Bárbara desconfiada—. Si usted desea, le aviso a la administradora que venga al cuarto o puede pedir otra de las empleadas para que la atienda. Usted dirá. —dijo Rose.

—Disculpa. Hoy he tenido un día muy difícil. —dijo Bárbara—. Vio la masajista muy sonriente y amable.

—¿Por dónde quiere que comencemos? —preguntó Rose.

—Comienza con la limpieza facial y luego realizas el masaje corporal. —dijo Bárbara.

—Por favor, suba a la camilla y coloque su cuerpo boca arriba. Le voy a colocar unas almohadillas en los ojos para ayudarla a proteger el área pero solo cuando este acostada. —dijo Rose—. Quien a la misma vez le mostraba las almohadillas.

Bárbara subió a la camilla, se acomodó y cerró los ojos. Rose colocó las almohadillas en unos de los lados de la camilla, abrió una de las cremas y se aplicó un poco en las manos. Entonces, tomó las almohadillas, se ubicó detrás de la cabeza de Bárbara y se las puso en los ojos. Esta, comenzó a darle un masaje a Bárbara en los hombros. Aprovechando la oportunidad, Lucas salió del almacén. Este sacó una jeringuilla, en un corto movimiento le tapó la boca a Bárbara y le aplicó un sedante.

—En el almacén hay un carro de la lavandería. Acércalo a la mesa. Yo me encargo de acomodar a Bárbara en el carro. Trae su ropa y su bolso. —dijo Lucas.

—¿Adónde la llevas? —preguntó Rose.

—Vamos a salir por la puerta de emergencia. Deja la ropa y su bolso dentro del carro. Adelántate para que abras la puerta. Un agente nuestro nos está esperando afuera con una camioneta. —dijo Lucas—. Mientras tomaba a Bárbara en sus brazos para colocarla dentro del carro.

—Entendido. —dijo Rose.

Rose tomó la ropa de Bárbara, su bolso y siguió las instrucciones de Lucas. Rose y Lucas salieron por el pasillo a su vez llevando el carro para abandonaron el lugar sin levantar la mínima sospecha.

9 INTERROGATORIO

Una hora más tarde, en un área de un almacén abandonado se encontraba Bárbara en una silla amarrada, con varios pedazos de sogas, que le inmovilizaban las piernas, el pecho y los brazos. Un pañuelo le tapaba la boca y aún estaba pasando los efectos del tranquilizante. Rose se mantenía observándola.

Entre las cosas personales de Bárbara se encontraban dos teléfonos celulares. Uno de ellos recibía llamadas y mensajes constantes y el otro no. Rose conectó ambos teléfonos celulares para extraerle los datos mediante una computadora. En ese instante, Bárbara despertó. Rose se hallaba sentada en una mesa frente a ella, al percatarse se levantó y caminó hacia ella.

—Veo que ya está reaccionando. Ahora tiene que cooperar. —retirando el pañuelo de la boca a Bárbara—. Puede gritar si lo desea pero debo aclararle que estamos lejos de la ciudad y por más que grite no va a escucharla nadie. Si eso le produce satisfacción o le ayuda puede gritar —dijo Rose.

En esos momentos, entró Lucas al lugar. Rose se alejó de Bárbara y regresó a la mesa.

—¿Quiénes son ustedes? —preguntó Bárbara.

—Aquí, nosotros somos quienes hacemos las preguntas. —dijo Lucas.

—Me creen estúpida. No voy decir nada. —dijo Bárbara.

—Señora lo único que buscamos es su cooperación. Recuerde que los errores se pagan. —saca un cuchillo de su pantalón—. Por cierto, a usted todo le ha salido mal. —dijo Lucas.

—Yo he cumplido con mi deber. —dijo Bárbara.

—¿El del gobierno o el de su beneficio propio? —camina y se coloca al lado de ella—. Aquí todos nos beneficiamos con lo que hacemos. —acercando el cuchillo a la cara de Bárbara—. Unos mueren y otros sobreviven si cooperan. —dijo Lucas.

—Yo cumplí con el envío del embarque. Eso era lo que querían. —muy nerviosa—. Ahora déjenme en paz. —dijo Bárbara.

—Tenemos otros embarques que tenemos que completar a tiempo. Usted va a completar esta misión o de los contrario… —dijo Lucas.

Bárbara lo interrumpió.

—A mi hija Isamar no lo vas a tocar. Pueden matarme si quieren pero jamás sabrán donde está. —dijo Bárbara—. Entre lágrimas.

Lucas guardó el cuchillo y se fue alejando de Bárbara. Rose se levantó de la mesa al ver que Lucas salió del lugar y se fue con él. Al salir del área, Rose se acercó a Lucas.

—Creo que debemos decirle para quién trabajamos. —dijo Rose.

—No. Aún hay tiempo, mi agente está evaluando las llamadas y analizando las voces de la evidencia que nos suministraste. Tienes que terminar con el rastreo de llamadas de los dos teléfonos celulares que tienes en la mesa. —dijo Lucas.

—Comprendo que quieras asegurarte al tener la mayor información que puedas obtener de ella, pero ya conocemos su punto débil. Si le aseguramos protección y un acuerdo sé que va a ceder. —dijo Rose.

—Tienes razón. No podemos levantar sospecha. Acabemos con esto de una vez. Reconozco que no podemos tenerla por mucho tiempo. No podemos cometer tonterías. Sé que se formaría un escandaló mañana si ella no se presenta a sus reuniones. Mejor ve y habla con ella. Tú tienes mejor poder de disuasión que yo. —dijo Lucas.

—Gracias por confiar en mí. —dijo Rose—. Dándole un beso en la mejilla a Lucas.

Bárbara se veía llorosa y agotada. Sus brazos estaban un poco rosados por causa de varios intentos de aflojarse de las sogas que la ataban a la silla. Bárbara levantó la mirada al escuchar que alguien se acercaba. Rose traía una botella de agua.

—Le voy a desatar una de los brazos para que pueda tomar agua. No intente hacer nada más. —dijo Rose.

Rose colocó la botella en la mesa y le desató el brazo a Bárbara. Luego, buscó la botella y se la dio.

—Usted es una mujer inteligente con una carrera por delante. Si llegamos a un acuerdo podemos dejarla libre. —dijo Rose.

—No voy a hacer más negocios con delincuentes como ustedes. Me arriesgue demasiado. Mejor mátenme. —dijo Bárbara.

En esos momentos, suena uno de los teléfonos celulares. Rose se acercó a la mesa y vio que el número era desconocido. Entonces, lo tomó y se lo acercó a Bárbara.

—Conteste tranquila. —dijo Rose.

Rose activa el altavoz del teléfono.

—Hola, Leonard. —dijo Bárbara.

—Quiero que sepas que lo ocurrido en la universidad fue solo un aviso para advertirte que si hablas vamos a matarte a ti y a tu hija. —dijo Leonard.

—Tus amenazas me tienen sin cuidado. Puedes enviar a los que quieras a intimidarme. No vas a sacar nada de mí. —dijo Bárbara.

—Qué tal si te digo que estoy casi, a punto, de descubrir en donde tienes escondida a tu hija. —dijo Leonard.

—Maldito. Deja a mi hija en paz. —dijo Bárbara.

—Pronto te estaré llamando de nuevo. Espero que lo pienses mejor y tus ánimos estén más tranquilos. Que podamos continuar haciendo negocios. —dijo Leonard—. Terminó la llamada.

—Bárbara, tranquila. Queremos ayudarle. —dijo Rose—. Le retiró el teléfono de las manos.

En ese instante, entró Lucas al lugar. Rose se alejó de Bárbara pero se mantuvo parada a pocos pasos cerca de ella.

—¿Quiénes son ustedes? —preguntó Bárbara.

—Somos parte del Servicio Secreto y estamos aquí para ayudarle. Nuestra intención no es hacerle daño. Podemos protegerla a usted y a su hija, conseguirle inmunidad como testigo y llegar a otros acuerdos a cambio de información. —dijo Lucas.

—No voy a poner en riesgo a mi hija. —dijo Bárbara.

—Su hija ya está en riesgo. No tiene otra opción que aceptar nuestra ayuda. —dijo Rose.

Por un rato, Barbará permaneció en silencio, muy pensativa. Se notaba en su rostro la gran angustia que poseía al pensar que la vida de su hija estaba en peligro, el tiempo era su peor enemigo y el bienestar de su hija se encontraba en sus manos. No tenía otra opción que arriesgarse.

—Necesito que protejan a mi hija y que salga ilesa de todo esto. Cooperaré. Siempre y cuando me digan cual va a ser su plan. —dijo Bárbara.

—Primero, necesitamos saber quién es la persona con quién estaba hablando por el teléfono y cómo podemos encontrarlo. —dijo Lucas.

—Su nombre es Leonard Infante. —dijo Bárbara.

—¿Qué tiene él que ver con usted? ¿La está chantajeando? —preguntó Rose.

—Hace muchos años, el suegro de Leonard me pidió que le entregara un sobre. Me dio mucho dinero a cambio de que le hiciera llegar ese sobre. Yo era una joven muy despreocupada y accedí. Necesitaba dinero para seguir estudiando y para mí era una gran oportunidad. —dijo Bárbara.

—¿Qué poseía el sobre? —preguntó Lucas.

—Yo solo entregué el sobre y me fui. Hace unos meses atrás, recibí una llamada de Leonard recriminándome por qué le había entregado ese sobre con información falsa. Le expliqué que solo había recibido el sobre y que me habían pagado por hacérselo llegar. Que no tenía nada que ver con lo que había dentro del sobre y que desconocía la información que poseía. Como era de esperarse me preguntó quién me había pagado y le tuve que decir la verdad. Desde ese entonces, me ha estado chantajeando con mi vida personal. Él tiene unas fotos que me comprometen. En ellas aparezco con un juez muy reconocido. Si estas fotos salen a la luz pública perdería mi trabajo. —dijo Bárbara.

—No ha contestado mi pregunta. —dijo Lucas.

—Leonard me buscó y me enseño las fotos que había recibido en aquel momento. Eran unas fotos alteradas, en ellas aparecía su novia junto a otro joven haciendo el amor y ella aparecía muy feliz con otra pareja. Tuvimos una fuerte discusión y me juró que se iba a vengar de mí. Desde ahí, en delante de manera constante no ha parado de extorsionarme. Ahora me amenaza con hacerle daño a mi hija. —dijo Bárbara.

—¿Sabe dónde se encuentra? —preguntó Lucas.

—Leonard es muy hábil. No tiene un lugar fijo. Para localizarlo contraté unos detectives privados con vasta experiencia pero, estos fueron emboscados y perdieron la vida. —dijo Bárbara.

—La voy a desatar pero necesito que me provea más datos sobre ese tal Leonard Infante. Así podremos crear un plan para lograr atraparle y proteger a su hija. Por cierto, ¿dónde se encuentra su hija? —dijo Lucas.

—Mi hija se encuentra con un antiguo amigo de mi padre. Ambos se conocieron en el ejército. Le llamamos el tío Fisher. Su nombre real es Moisés Fisher. Vive en una parte de la costa de la Isla. —dijo Bárbara.

Lucas se quedó muy serio y asombrado por lo que le había dicho Bárbara.

—¿Puedo ver la foto de su hija? —preguntó Lucas.

—Está en la cartera dentro del bolso. —dijo Bárbara.

Lucas caminó junto a Rose en dirección al bolso. Este buscó dentro del mismo. Efectivamente, allí se encontraba la foto de la niña. En esos instantes Lucas se dio cuenta que la niña que acompañaba a Fisher era el hija de Bárbara y que Pamela se hallaba en peligro.

—Tenemos que irnos de inmediato. No podemos perder más el tiempo. —dijo Lucas.

Rose notó que Lucas estaba muy tenso. En aquel momento, se acercó a Bárbara y le quitó los pedazos de soga que la ataban a la silla.

—¿Tienes un plan? —preguntó Rose—. Acercándose a Lucas.

—Por el momento, vamos a buscar a la niña. En el camino le voy a dar indicaciones a mi mejor agente, su nombre es Kenshi, para que investigue todo lo que pueda sobre este tal Leonard Infante y se encuentre con nosotros en el aeropuerto. —dijo Lucas.

En esos instantes, los tres salieron del lugar y se dirigieron al aeropuerto para obtener un helicóptero y transportarse al lugar donde se encontraba la niña. Lucas se encargó de avisarle a Kenshi mientras se dirigía al lugar. Además, le notificó que se cancelaba la videoconferencia.

Durante el viaje a la pequeña isla, Lucas trató de contactar a Pamela pero la llamada no se completaba y salía el buzón de voz. Eso le creaba una mayor preocupación.

10 ISAMAR

La tarde estaba perfecta para irse a nadar y hacer un poco de pesca en la playa. Anna, Pamela e Isamar se hallaba jugando en la playa mientras Fisher se encontraba cotejando los motores de su bote. Minutos después, Fisher acabó de verificar el bote y encendió los motores. Anna e Isamar estaban sentadas en el muelle y mojando los pies en el mar mientras miraban los peces que se acercaban a ellas. Pamela se hallaba parada en el muelle observando las aves que se lanzaban al mar en busca de su comida y se volteaba de vez en cuando a mirar a los demás. De repente, Pamela se acercó a Isamar.

—Sabes que tienes unos ojos hermosos. —dijo Anna—. Mirando los ojos claros de Isamar.

—Sí. Muchas personas me lo han dicho. —dijo Isamar.

—Pues. Ellos no mienten. —dijo Anna.

—Chicas, ya pueden subirse al bote. Estamos listos para partir. —dijo Fisher—. Habló en voz alta.

—Anna, encárgate de ayudar a Isamar a subir al bote. Yo me encargo de su mochila. —dijo Pamela.

—Isamar dame tu mano y sígueme. ¿Sabes nadar? —preguntó Anna.

—Un poco. —dijo Isamar.

—De todas formas, cuando estemos en el bote te voy a colocar un salvavidas. Durante todo el viaje no te lo puedes quitar y vas a seguir mis instrucciones. —dijo Anna.

Isamar afirmó con un gesto que aceptaba las condiciones que Anna le pidió.

—Chicas, vamos que el viejo Fisher nos está esperando y el mar está perfecto. —dijo Pamela.

Cerca de un islote, Anna, Pamela e Isamar se hallaban buceando en una distancia segura cerca de un arrecife de coral. Como era de esperarse de una niña que pasa su primera experiencia de buceo en el mar, Isamar se sentía maravillada por la variedad de peces, las algas y otros seres vivos que había en el sitio. Anna se mantenía cerca de ella para cuidarla e iba indicando que la siguiera para que viera y disfrutara de la vida debajo del mar. Pamela se mantenía a una distancia cercana observándolas. Al lado sur del islote, Fisher estacionó el bote y luego recogió su caña y unas redes de pescar, para comenzar a preparar la comida.

Pasadas unas horas, en las cercanías del bote, se encontraba un hombre y una mujer vestidos con ropa de buceo, montados en unas motoras acuáticas dando vueltas alrededor del perímetro. Fisher estaba muy al pendiente de los movimientos de aquellas personas que no fueran acercarse. Este mantenía un cuchillo cerca de él.

El sol estaba radiante y el mar muy tranquilo. Entonces, Pamela, Anna e Isamar salieron a la superficie a tomar un descanso. Pamela miró alrededor y a lo lejos vio al lado norte un bote manejado por un tripulante.

—Anna, guarda estos pedazos de coral en la bolsa que tienes atada a tu traje. —dijo Pamela—. Tomando los pedazos.

—¿Qué paso tía? —preguntó Anna.

—Ya es hora de regresar al bote. No quisiera que Isamar se queme demasiado con los rayos del sol. Vamos a descansar, comemos y regresamos en un rato. —dijo Pamela.

—Isamar, sígueme. —dijo Anna.

En ese justo momento, el hombre montado en una de las motoras acuáticas se adelantó y cruzó entre Anna, Pamela, Isamar y el bote. Fisher que se encontraba sentado, tomó su cuchillo y se paró para ver qué pasaba. Pamela se acercó nadando rápido hacia Anna e Isamar. Esta los detuvo para que protegerlos con su cuerpo en lo que la motora se alejaba.

Otro hombre vestido de buzo que se hallaba oculto debajo del bote donde se encontraba Fisher aprovechó el momento, el ruido de la motora y subió por la parte posterior del bote.

—Fisher, ¡cuidado! —gritó Anna—. Al percatarse de la presencia de un extraño en el bote.

Este en un movimiento rápido se acercó a Fisher y le apuntó con un arma. Fisher sintió su presencia, se volteó pero al ver al hombre que estaba armado levantó lentamente las manos. Pamela abrazó a la niña.

—Solo venimos por la niña. Si coopera nadie más saldrá herido. —dijo el hombre.

La mujer que se encontraba en la motora acuática se acercó a Pamela e Isamar. Esta sacó un arma y le apuntó a Pamela

—No les va pasar nada si entrega a la niña. —dijo la mujer.

—Isamar, no tengas miedo. Esa mujer no te hará daño. —mirando fijamente a la mujer—. Con calma te voy ayudar a subir a la motora. —dijo Pamela.

Mientras, Isamar se mantenía muy nerviosa.

Entretanto, la mujer observaba los movimientos de Pamela, Anna soltó la bolsa que tenía sujetada a su traje que contenía pedazos de coral, caracoles y otras piezas colectadas por Isamar. Pamela sujetó a Isamar e iba a subirla a la motora cuando Anna se adelantó y le dio a la mujer con la bolsa en el brazo que contenía el arma. El arma cayó al mar. Pamela soltó a Isamar en el asiento y empujó a la mujer haciéndola caer de la motora.

El hombre que se encontraba en el bote se distrajo al ver a la mujer caer de la motora. Fisher aprovechó ese instante y le tomó el brazo para quitarle el arma. En un par de forcejeos le quitó el arma y lo golpeo quedando este inconsciente, luego lo empujó al mar. El hombre que estaba en la otra motora acuática trato de acercarse pero Fisher utilizó el arma que dejó caer aquel hombre y le disparó al otro dejándolo terriblemente herido. Entonces, Fisher aceleró el bote para alcanzarlas. Pamela se encontraba luchando con la mujer.

Pamela muy astuta golpeó a la mujer en la garganta y luego en la nariz tan fuerte que la dejó inmóvil. Anna sujetó a Isamar, la bajó de la motora y nadaron hasta acercarse al bote. Fisher ayudó a todos a subirse al mismo para inmediato alejarse de allí.

—Hija, ¿estás bien? —preguntó Fisher.

—Si. Estoy bien. Tenemos que avisarle a Lucas de inmediato. —dijo Pamela.

—Toma el timón. Hay que alejarse de aquí antes que nos alcance el otro bote. —dijo Fisher—. Manteniendo el arma en sus manos.

—Isamar agáchate y tú también Anna. —dijo Pamela.

Pamela aceleró el bote hasta lograr la mayor velocidad posible para alejarse del lugar. Ella conocía muy bien el área, sabía dónde se ubicaban los arrecifes y así evitar chocar contra ellos. Con gran habilidad logró adelantarse para llegar a uno de los muelles de la pequeña isla.

De súbito, se sintió el ruido de un helicóptero que se acercaba. Efectivamente, era Lucas piloteando el helicóptero. Kenshi miró a través de sus binoculares, desde el asiento de atrás del helicóptero y reconoció que en uno de los botes iba Anna y los otros acompañantes. Detrás de ellos iba un bote persiguiéndolos. Este le avisó a Lucas para que se acercara al otro bote. Kenshi sacó su arma y disparó a los motores del otro bote. El otro bote era manejado por un hombre y este disparaba sin cesar al bote donde se encontraba Anna. Los disparos que realizó Kenshi fueron certeros. Esto creó una chispa que incendió el bote a tal punto que el hombre que lo manejaba perdió el control y se estrelló en unas de las superficies rocosas de la costa.

Pamela llegó al muelle, apagó los motores y les indicó a los demás que bajaran.

Posteriormente, Lucas logró aterrizar el helicóptero. Entretanto, Kenshi ayudó a bajar a Bárbara para que se reencontrara con su hija. Después, Fisher las acompañó a entrar a la residencia. Rose que se encontraba de copiloto se encargó de cerciorarse de que todo el panel de control del helicóptero se hallaba apagado. Lucas aprovecho el momento, se bajó del aparato y caminó en dirección hacia Pamela. Al llegar adonde ella, la abrazó fuertemente y la besó. Rose término de verificar el panel seguido bajó del helicóptero y se sorprendió al ver a Lucas abrazado aquella mujer.

—Mi amor, ¿estás bien? —preguntó Lucas.

—Pasamos un tremendo susto cuando nos atacaron esos hombres. De suerte, pudimos escapar. ¿Querían secuestrar a la niña? —preguntó Pamela.

—Todo esto está relacionado con la investigación que estamos realizando. Tan pronto lo descubrimos salimos de inmediato para acá. Te llamé varias veces a tu teléfono celular pero la llamada entraba al correo de voz. —dijo Lucas.

—Lo dejé en el bote. Nos encontrábamos buceando para distraer a Isamar y que conociera lo hermoso que es el mar. Mi amor, ¿qué vamos hacer? —preguntó Pamela.

—Mejor entremos a la residencia. Allí estamos más seguros y podemos hablar con calma en tu habitación. —dijo Lucas.

Lucas se volteó a ver a los demás. Kenshi estaba saludando a Anna e indicándole que se reuniera con Bárbara y la niña. Fisher se encontraba armado y vigilando los alrededores.

—Kenshi, comunícate con el agente Rivera. No debe tardar en llegar con el otro helicóptero. En mi helicóptero regresaremos junto a Fisher y Bárbara. Pamela, Anna e Isamar deben salir hacia los Estados Unidos. Santiago tiene un avión privado esperando por ellas en el aeropuerto de la capital. Después, Rose y Enrique nos encontrarán. Luego, les enviaré a ellos nuestras coordenadas. —dijo Lucas.

Mientras, Rose se acercó y escuchó parte de la conversación.

—¿No me vas a presentar? —preguntó Rose.

—Discúlpame. Pamela, ella es Rose. Es una de las agentes a cargo de esta investigación. Nosotros trabajamos juntos en el pasado. —dijo Lucas.

—Encantada. —extendiendo la mano para saludar a Pamela—. Lucas y yo fuimos muy buenos amigos. Para ser claros, estuvimos a punto de casarnos. —miró fijamente el anillo en la mano de ella—. ¡Te felicito! Tienes una hermosa sortija de compromiso. —dijo Rose.

—Me agradan las personas que hablan de frente. El presente ahora es lo que cuenta. Hoy tú eres la amiga y yo su prometida. Espero que podamos llevarnos muy bien. —dijo Pamela—. Sin perder firmeza.

—Bueno, ya se presentaron y hay mucho que hacer. Podemos irnos de aquí. —mirando hacia los alrededores—. No quiero exponerlas a algún peligro. —dijo Lucas.

—Voy con Kenshi a verificar la zona en lo que ustedes se preparan para salir. Creo que Fisher y tu tienen una conversación pendiente. Le aviso para que hablen. —dijo Rose.

—Gracias, Rose. —dijo Lucas.

Rose se alejó para ir a buscar a Fisher. Lucas tomó de la mano a Pamela y caminaron callados hasta la residencia. Anna, Barbará e Isamar ya se hallaban dentro de la misma.

11 CONVENCIÓN

En un hotel en las afueras de la ciudad capital se alojaba Leonard Infante.

Este se hallaba en uno de los salones de conferencia tomando unos tragos y dialogando con unos doctores. Se estaba celebrando una convención de cirujanos oftalmólogos y como invitados estaban los más altos gerenciales, así como los accionistas de empresas desarrolladoras para equipos de alta tecnología. Entre los conferenciantes invitados se hallaba el doctor Pablo Miranda.

El doctor Miranda acostumbraba esperar su turno y se distraía conversando con otros colegas en uno de los salones anexos a la actividad. Pasados varios minutos, el doctor Miranda fue llamado para presentarse al salón de conferencia y comenzar su charla titulada Lentes intraoculares y tecnologías modernas. Leonard salió rápidamente del salón cuando escuchó al maestro de ceremonias anunciar al primer conferenciante. Quería evitar un encuentro con el doctor Miranda.

Dos horas le tomó al doctor presentar su ponencia, luego se retiró hacia la habitación que le reservó la empresa Intraocular Technology, de la cual, él era el vicepresidente. El doctor tomó el ascensor que lo llevaría a una de las habitaciones más lujosas del hotel. Llevaba consigo un maletín de ruedas. Al llegar a la puerta de su habitación, sacó de su chaqueta una tarjeta electrónica y con esta abrió la puerta. Este guardó la tarjeta y tomó su maletín. Al girar para cerrar la puerta, se encontró con Leonard Infante. Este había salido de la habitación contigua, detuvo la puerta y se paró enfrente apuntando al doctor con un arma.

—No intente hacer nada. —dijo Leonard.

El doctor al escucharlo lentamente soltó el maletín y dio un paso atrás. Leonard cerró la puerta sin dejar de apuntarle con el arma.

—Usted y yo tenemos cuentas pendientes. —dijo Leonard.

—¿Cuáles cuentas? —da un paso atrás—. Yo realicé la cirugía de ojos a la persona que me pediste. Le corregí el daño en el ojo y le coloque el lente. El acuerdo era que no le hicieras daño a mi hija a cambio de esa cirugía. Yo cumplí con el trato. —dijo Pablo.

—Eso fue un pequeño detalle. —se sonríe en tono de burla—. Tengo pruebas contundentes que lo vinculan a usted con varias muertes. Usted conoce muy bien el caso de Eva Pesante. La mujer que quedó ciega de un ojo a pesar del implante de lente intraocular que se le realizó. El tipo de lente que fabrica su empresa. La demanda puesta por la paciente era de millones de dólares. A usted no le convenía esa mala publicidad justo cuando comenzaba el lanzamiento de su nuevo producto en Europa. —dijo Leonard.

—Eso son historias inventadas de un enfermo mental como tú. Sé que estuviste recluido por meses en una institución mental. No pudiste superar la muerte de tu hija. Eres un fracasado. —dijo Pablo.

Leonard apunto en la frente al doctor mientras intentaba aguantar su ira. Pablo se mostraba frio, no se movía pero tampoco dejaba de mirar fijamente a Leonard.

—Eva Pesante murió en un accidente de tránsito. Tengo uno de los videos de seguridad grabados el día del accidente, donde mostraban al chofer del otro coche que impactó su auto. Qué casualidad que el chofer, Ernesto Linares, fuera hallado horcado horas más tarde en su residencia. —dijo Leonard.

—No tienes nada que me vincule con esa muerte. —dijo Pablo.

Leonard empujó al doctor en dirección de uno de los sofás. Pablo quedo sentado del empujón. Leonard sacó de su chaqueta una grabadora. La puso en la mesa y apretó el botón de encendido. En la grabación se escuchaba al chofer declarando su culpabilidad en el accidente y delataba al doctor Pablo Miranda como el que le había ofrecido dinero a cambio de eliminar a Eva Pesante.

—Ernesto Linares era un veterano de la guerra, amigo de su padre. Lo metieron a la cárcel por pedofilia. Usted sabía que necesitaba dinero. Se aprovechó de su situación para comprarlo. —dijo Leonard.

—Ve al grano. ¿Qué quieres de mí? —dijo Pablo.

—Un coche lo está esperando a las afueras del hotel. Usted seguirá las órdenes de mis hombres sin levantar ninguna sospecha. De lo contrario, uno de mis abogados tiene copia de estas grabaciones y el video con órdenes de entregarlas a la fiscalía. —dijo Leonard.

—¿Qué me asegura que no me matarás? —dijo Pablo.

—Por el momento, si usted hace lo que le pido no le haré daño a su hija. Usted coopera y su hija vive. —dijo Leonard.

Leonard recogió la grabadora y caminó hacia la puerta. Pablo se quedó sentado y pensativo.

—Tiene diez minutos para bajar. No llame a nadie ni cometa una estupidez. Hay cámaras colocadas por todos lados y mi gente lo está observando. —dijo Leonard—. Saliendo de la habitación.

En las afueras del hotel se encontraba el chofer de Leonard Infante parado junto a una limosina. El chofer al ver su jefe de inmediato abrió la puerta. Azul estaba en la parte de atrás del asiento. Este la saludó con una caricia en la cabeza, entró al vehículo y en pocos minutos salieron del lugar.

En el estacionamiento del hotel se encontraba una camioneta esperando a Pablo Miranda. Pablo llegó a la camioneta, se subió a la parte trasera de la misma y se marchó junto a los hombres.

12 RUTA ALTERNA

Dentro de la residencia se encontraban Bárbara y su hija abrazadas en el sofá.

Isamar le había contado a su madre lo que había ocurrido. La niña se encontraba triste pues no quería separarse de su madre.

—Yo te prometo que tan pronto se resuelva todo esto cambiaré de trabajo para que pasemos más tiempo juntas. Pero, necesito que te alejes de aquí. El lugar donde irás es seguro y va estar vigilado hasta que todo esto acabe y nos volvamos a ver. —dijo Bárbara.

—¿Por cuánto tiempo? —preguntó Isamar.

—Aún no lo sé. Espero que sea poco tiempo. —dijo Bárbara.

En esos momentos, Fisher llegó al lugar.

—Me encargué de prepararle la mochila a Isamar. Tiene algunas frutas y un teléfono celular para que ambas puedan comunicarse. —dijo Fisher.

—No sabes cuánto te lo agradezco. —dijo Bárbara—. Abrazando a Fisher.

—Tranquila, pronto se solucionará todo. Confía en Lucas y sigue sus instrucciones. Yo voy a velar por ti mientras esto se logra resolver. —dijo Fisher.

—Gracias. —dijo Bárbara.

—Lleva a la niña a ducharse para que se cambie de ropa. Pronto, deben salir. —dijo Fisher.

—Tío prométeme que tú también te vas a cuidar. —dijo Isamar.

—Recuerda que la esperanza termina cuando dejas de creer. —dijo Fisher.

Isamar le dio un abrazo a Fisher y luego continuó caminando por el pasillo.

Posteriormente, Fisher fue a buscar a Lucas a la habitación. Este tocó y Lucas abrió la puerta.

—Lucas, Bárbara y su hija están casi listas. El helicóptero llegará en cualquier instante. ¿Cuál es el plan? —dijo Fisher.

—Adelante. —dijo Lucas.

Pamela terminó de peinarse. Ya se había cambiado la ropa. Fisher permaneció parado cerca de la puerta.

—Pamela me explicó todo lo sucedido. —parado cerca de la cama—. Hace unos minutos estuve hablando con Marc. Ya los Guardia Costera se dirigen a recoger los cadáveres en el mar. En el bote se hallaron unas cajas identificadas con la empresa Intraocular Technology. Las mismas coinciden con los lotes que se quemaron en un vagón justo cuando Enrique Rivera estaba realizando el operativo en la Autoridad de los Puertos. Lo utilizaron de señuelo para ganar tiempo y distraer a nuestros agentes. —dijo Lucas.

—¿Quiénes son los dueños de esas empresas? —preguntó Pamela.

—Uno de los accionistas es el suegro de Leonard Infante. Su nombre es el doctor Pablo Miranda. Él es el vicepresidente de la empresa. —dijo Lucas.

—¿Quién es Leonard Infante? —preguntó Fisher.

—Es el cabecilla de todo esto. Ha estado extorsionando a Bárbara y amenazándola con matar a su hija. En el pasado Bárbara se encontraba mal económicamente y el doctor Miranda se aprovechó de la situación para que realizara un trabajo. Esta se prestó a llevar un paquete a Leonard Infante a cambio de una suma alta de dinero. El paquete contenía unas fotos comprometedoras donde la hija del doctor estaba en la cama con otro joven. Las intenciones del doctor eran destruir la relación de Leonard y su hija. —dijo Lucas.

—Eso quiere decir que este hombre lo que tiene es una sed absurda de venganza. Una riña del pasado por unas fotos. No lo puedo creer. Aquí debe existir algo más. —dijo Pamela.

—En efecto, de la relación que existió con la hija de Pablo Miranda nació una niña. Leonard no supo de su existencia hasta muchos años después. Santiago, me envió el expediente con la investigación y tengo los datos que lo corroboran. Todo concuerda con lo que confesó Bárbara. —dijo Lucas.

Bárbara interrumpió en la habitación donde se encontraba Lucas, Fisher y Pamela.

—Perdonen, escuche lo que mencionaron sobre Leonard. —dijo Bárbara.

—¿Qué más sabes sobre todo esto? —preguntó Fisher.

—La niña murió de cáncer pocos meses después de conocer a su padre. Leonard enloqueció y no ha podido superar esa pérdida. Su sed de venganza lo llevó a la locura. —dijo Bárbara.

—Todos estamos en peligro. Creo que usted aún tiene algo más que contar. La veo muy nerviosa. ¿Qué más nos oculta? —dijo Pamela.

—No tengo más que decir. —dijo Bárbara.

En esos instantes, Lucas recibió un mensaje de texto a su teléfono celular. Kenshi le envió un mensaje donde le indicaba que el helicóptero aterrizaría en cinco minutos. Pamela escuchó el vibrar del teléfono de Lucas. Esta se levantó de la cama y se acercó a él.

—Tenemos cinco minutos para abordar los helicópteros. Bárbara usted va en nuestro helicóptero junto a Kenshi y Fisher. Los demás viajarán en el otro helicóptero. Ambos helicópteros realizaran diferentes rutas. En un par de horas nos encontraremos en el aeropuerto. ¿Entendido? —dijo Lucas.

—Sí. Entendido. —dijo Fisher.

Bárbara y Fisher salieron de la habitación en dirección hacia la sala. Allí Isamar y Anna estaban esperando sentadas en el sofá. Mientras, Rose estaba preparando el helicóptero para partir y Kenshi vigilaba los alrededores.

—Esto no me gusta para nada. Mi instinto me dice que Bárbara sabe algo más y lo oculta. —dijo Pamela.

—Por eso y mucho más me enamoré de ti. Eres muy observadora. No dejas pasar ni una. —dijo Lucas—. Sujetando a Pamela por la cintura.

—Ni creas que estoy tan feliz de verte trabajando con tu ex novia. —dijo Pamela.

—No sabía que fueras celosa. —le acaricia la mejilla—. Mi amor, tú eres y serás el amor de mi vida. Mírame bien a los ojos. Jamás te sería infiel. —dijo Lucas.

—Todo esto me tiene muy nerviosa y no se ni lo que pienso. Me siento muy sensible. No sé qué me pasa. —dijo Pamela.

—Mi amor, cuando el amor existe, la complicidad es entre dos. No existen terceros. —él coloca sus manos en el rostro de ella—. Mi vida te pertenece por completo y te prometí ser tu compañero para toda la vida. —dijo Lucas.

—Te amo. ¿Me das un beso? —dijo Pamela.

—Todos los que quieras. —dijo Lucas.

Lucas besó apasionadamente a Pamela y luego ambos se abrazaron fuertemente como despedida antes de abordar el helicóptero.

El helicóptero que maniobraba Enrique Rivera aterrizó a unos metros de la residencia. De inmediato, cada uno de los pasajeros se ubicó en los respectivos helicópteros. Pasados unos minutos, ambos aeronaves partieron del lugar. Al llegar a la costa de la Isla de Puerto Rico, Lucas tomó la ruta por el centro de la Isla. Por otro lado, Enrique Rivera se dirigió por la costa permaneciendo muy cercano a la playa.

A los treinta minutos habían sobreasado unas cuantas millas. Enrique y Rose mantenían contacto con Lucas cada cinco minutos. Ambos se mantenían vigilantes y evitaban seguir rutas que le levantaran sospechas.

A la distancia se veía que se estaba celebrando un festival playero y en el espacio aéreo había avionetas realizando peripecias. Para evitar cruzar por la zona, Enrique le avisó a Lucas por radio que tomaría una ruta alterna cerca de la montaña.

Al adentrase en la zona, se sintieron el ruido de tres proyectiles, proveniente de una de las montañas. Rose se percató que Enrique bajó la cabeza. En ese momento, notó que Enrique estaba herido y salía sangre de su cuello. Esta reaccionó para tratar de controlar la aeronave.

—Protéjanse. —gritó Rose.

El helicóptero comenzó a dar vueltas sin control. Rose envió avisos por radio para recibir ayuda. En cuestión de minutos el helicóptero descendió y se desplomó en una siembra de árboles dentro de una finca privada, quedando este volcado de un lado en el piso. Sin embrago, las hélices quedaron destruidas. Una de las ramas de árbol rompió el cristal del aparato. Solo se escuchaba a Lucas por la radio tratando de comunicarse con Enrique y Rose.

Los francotiradores avisaron la posición en el cual había caído el helicóptero. Una pandilla de narcos en una camioneta llegó al lugar de inmediato. Ninguno de los pasajeros estaba consciente excepto Pamela que se hallaba desorientada. Pamela miró alrededor. Nadie se movía. Isamar no tenía rasgos de sangre, Anna sangraba por la frente y Rose tenía una rama de árbol perforando su brazo. Enrique estaba malherido e inmóvil. Al instante, escucho a uno de los pandilleros gritando "saquen a la niña y los acompañantes. Los pilotos deben estar muertos. Si quieren cobrar su recompensa muévanse rápido." Entonces, esta tomó su teléfono celular, lo apagó y lo escondió en su bota izquierda. Pamela cerró los ojos, se mantuvo inmóvil y escuchando a los hombres. Los pandilleros acercaron la camioneta, sacaron a los pasajeros y las acomodaron dentro de la camioneta. En unos minutos, los pandilleros salieron del lugar. En el trayecto, estos tomaron los teléfonos de Anna e Isamar y los destruyeron. Al verificar los bolsillos de Pamela y no encontrar un teléfono celular, uno de los hombres le revisó las botas. Al encontrar el teléfono lo guardó. Pamela continuaba quieta, fingiendo que estaba inconsciente. Los hombres les amarraron las manos, los pies y le colocaron cinta adhesiva en la boca.

El conductor de la camioneta llamó a Leonard Infante y le indicó que llegaría en varios minutos a la hacienda El Pitirre. La hacienda se localizaba en una zona rural a las afueras de la capital. Era una hacienda dedicada al cultivo de flores como las azucenas, peonias, lirios, entre otras flores exóticas. Por ser unos cultivos muy especiales se utilizaban invernaderos automatizados para así poder mantener eficientes los sistemas de hidroponía. En el lado norte de la hacienda, se hallaba la entrada principal la cual contenía un área de estacionamiento para los visitantes. Estaba formada por jardines y otros invernaderos que contenían muestras de las flores que se cultivaban en el lugar. Algunos empleados se encargaban de mostrar los jardines, otros de mostrar los tipos diferentes de flores y otros de tomar las órdenes de los clientes. Al lado sur, no se permitía el acceso público y estaba controlado a través de una caseta con guardia de seguridad. En el área se localizaban los invernaderos con cultivos dedicados a las diferentes plantas y el almacén de entrega al por mayor. En el lado este se encontraba una residencia recién remodelada de varios niveles muy lujosa. Esta estaba adornada con extensos jardines que resaltaban su hermosa arquitectura.

Los hombres al llegaron a la hacienda, por el lado sur y se identificaron con el guardia quien les permitió pasar de inmediato. El conductor condujo la camioneta hacia la residencia principal. La puerta del garaje de la residencia abrió y al entrar todos, se cerró de inmediato el acceso. El lugar poseía una doble puerta en metal en el piso. El conductor de la camioneta se bajó de la misma y abrió la puerta de metal con una llave especial. Esta puerta conectaba a una escalera en declive que conducía a un sótano. Los hombres tomaron en sus hombros a Anna, Pamela e Isamar y las llevaron hacia el sótano. Ya en el sótano, el conductor caminó hacia otra puerta. Era una puerta de seguridad con un emisor biométrico para huellas dactilares y oculares. El conductor colocó sus huellas y acercó su ojo al otro emisor logrando acceso a una especie de túnel. Los pandilleros caminaron por el túnel y colocaron a las víctimas en el piso.

Como parte de la siniestra operación, unos hombres armados esperaban para completar el intercambio de dinero a cambio de recibir las rehenes. Cuando el intercambio se completó, Anna e Isamar reaccionaron y trataron de soltarse de las sogas. Pamela movió la cabeza en señal de que no forcejearan. Habiendo recibido el pago correspondiente, el conductor de la camioneta se retiró con su grupo de pandilleros. Los hombres armados se

llevaron en sillas de ruedas a las víctimas y cerraron la puerta.

13 PISTAS

Lucas cambió la ruta para llegar a donde se hallaba el helicóptero que manejaba Enrique Rivera. Kenshi por su parte, pudo marcar las coordenadas que le había dado Rose antes de desplomarse la aeronave y obtuvo los datos para rastrear los teléfonos celulares del piloto y de Rose. Bárbara se hallaba desesperada por saber si su hija se encontraba bien. Fisher intentó llamar a Pamela a su teléfono pero salía un mensaje indicando que se encontraba fuera de servicio. Luego, intentó llamar al teléfono celular de Isamar pero de nuevo, aparecía el mismo mensaje.

Pasada una hora llegaron cerca del lugar. Haciendo uso de los binoculares Fisher notó los árboles destruidos por el aterrizaje.

—Lucas, veo una siembra de arbustos con huellas que indican que la aeronave puede estar cerca. Da la vuelta, en esa montaña. —dijo Fisher.

—Es cierto, ese es el lugar. —dijo Kenshi.

Pasados unos minutos, Lucas aterrizó el helicóptero y todos avanzaron hasta el llegar señalado. Fisher encontró a Enrique en muy mal estado. Este se encargó de bajarlo del aparato para poder estabilizarlo. Mientras, Lucas notó que Rose había botado mucha sangre, le quitó el casco de la cabeza y le examinó la cara. Era evidente por las marcas del casco que Rose había recibido un golpe fuerte. Entonces, le quitó el pedazo de rama de su brazo y le presionó la herida. Rose comenzó a reaccionar.

En los alrededores del aparato, Kenshi trató de buscar alguna pista. Entre los arbustos pudo identificar las huellas de la camioneta y de los hombres.

—Lucas, no hay evidencia de sangre que indique que alguna de las tripulantes haya sufrido una herida contundente. Los asientos no tienen grandes rastros de sangre, excepto unas pequeñas gotas, que solo indican alguna herida pequeña. También, hay una sortija debajo del helicóptero. Tiene un poco de sangre fresca. De seguro es de alguno de los captores. Encontré huellas en el camino que indican que pudieron ser cargadas para llevarlas como rehenes. Los teléfonos celulares de Enrique y Rose están destruidos. —dijo Kenshi.

—Me lo temía. Eso quiere decir que están vivas. Hay que analizar esa sortija. —dijo Lucas.

Entonces, Lucas notó que Rose intentó hablar.

—Kenshi, trae los vendajes para calmar el sangrado del brazo de Rose. Ella está aturdida pero pronto se recuperará. —dijo Lucas.

—Rose, ¿me escuchas? —preguntó Lucas.

—Sí. Escuche lo que dijo Kenshi. ¿Dónde está Enrique? —preguntó Rose.

—Lo estamos estabilizando. Tenemos que salir de aquí. ¿Puedes caminar? —dijo Lucas.

—Me siento muy mareada. ¿Y los demás? —dijo Rose.

—Aquí están las vendas. —dijo Kenshi.

Lucas le rompió la manga de la camisa a Rose. Limpió rápido la herida y le colocó algunas vendas. Entre Kenshi y Fisher subieron a Enrique al helicóptero. Mientras, Rose se apoyaba de Lucas para ir a montarse a la aeronave. Kenshi se regresó para tranquilizar a Bárbara que se encontraba muy nerviosa.

—Su hija está viva. No hay rastros de violencia ni heridas graves. Tenemos que regresar. Por favor, suba al helicóptero. —dijo Kenshi.

Bárbara se acercó al helicóptero y observó a Kenshi mientras este tomaba fotos del lugar.

—Lucas, hay que ir al hospital más cercano. Enrique se nos puede morir. Rose necesita atenderse esa herida y determinar si tiene alguna otra lesión. Por cierto, yo conozco un dispensario que se encuentra a veinte minutos de aquí. —dijo Fisher.

—Perfecto. En el camino nos comunicamos con Santiago para que nos reciban de inmediato en el hospital. Fisher, toma mi teléfono y comunícate con él. —dijo Lucas.

Lucas ayudó a Rose a subir al helicóptero. Bárbara se acercó a Lucas.

—¿Y mi hija? ¿Qué vamos hacer? La tienen secuestrada y amenazaron con matarla. —dijo Bárbara.

—El mantener a su hija viva indica que Leonard Infante está tramando algo más. Él sabe que nos estamos acercando para atraparlo y está utilizando a su hija para distraernos. —dijo Lucas.

Bárbara no dejaba de llorar y se hallaba inquieta con todo lo que ocurría a su alrededor.

Después de transcurrido un tiempo el helicóptero llegó al hospital. Un equipo de paramédicos y un doctor esperaban en el helipuerto. Al aterrizar, el médico que examinó a Enrique dio instrucciones de trasladarlo a la sala de operaciones. Unos de los paramédicos se ocupó de examinar la herida de Rose. El médico se acercó y recomendó que la llevaran a una de las salas para tomarle algunos puntos de sutura y algunas radiografías adicionales para asegurarse que otros órganos no estuvieran afectados.

—Fisher, necesito que te quedes con Bárbara. Ella es la testigo principal de este caso y bajo ningún motivo podemos ponerla en riesgo. Voy hacer los arreglos pertinentes para que le consigan un lugar seguro mientras rescatamos a Pamela, Anna e Isamar. —dijo Lucas.

—Lucas, Pamela es como mi hija. Yo quiero ir con ustedes. Que envíen otra persona a sustituirme. —dijo Fisher.

Entonces, Lucas recibe una llamada de Marc.

—Hermano, ¿cómo te sientes? —dijo Lucas.

—Perfectamente, ¿y ustedes que han logrado? —preguntó Marc.

—Derrumbaron uno de nuestros helicópteros. Tienen secuestradas a Pamela, Anna y la hija de Bárbara. Enrique está muy delicado, lo trasladaron a la sala de operaciones. Rose recibió una herida en su brazo y ya la están atendiendo. —dijo Lucas.

—Santiago me ha tenido al tanto del caso. Por cierto, está al lado mío escuchando nuestra conversación. Estuvimos investigando y el doctor Pablo Miranda se encuentra desaparecido. No regresó a su habitación del hotel luego de salir de la convención. Analizamos los videos de las cámaras de seguridad y confirmamos que salió en una camioneta junto a unos individuos. Santiago se encargó de identificar a los hombres mediante fotos y localizamos los datos de ambos. Estos hombres trabajan para una empresa llamada Optic Lenses. Lo curioso es que esta empresa tiene programado mañana la entrega del mayor embarque de lentes ópticos realizado por empresa alguna. Más aun, Intraocular Technology estuvo imposibilitado de cumplir con la entrega del producto debido un caso de demanda en corte. El juez a cargo del caso había dado órdenes de parar la manufactura de dicho producto hasta completar las investigaciones pertinentes. El caso no procedió debido a que la demandante murió en un accidente y al no tener familiares que continuarán la demanda esta no prosperó. Al ocurrir esto, los abogados se retiraron del caso. —dijo Marc.

—Tiene que existir alguna conexión que nos lleve a Leonard Infante. ¿Quiénes son los accionistas o dueños de esta empresa? —dijo Lucas.

—Alba Miranda es hija del doctor Pablo Miranda y es la propietaria de esta empresa. Estuvimos investigando sus cuentas, registros de transacciones y esta ha invertido grandes cantidades de dinero en una empresa recientemente registrada llamada Encoding. Esta empresa se dedica a crear artefactos para lentes de contactos. —dijo Marc.

—Marc tienes que descansar. —dijo Lucas.

—Aunque trataron de silenciarme al atacarme no lo lograron. No voy a descansar. Lucas, estamos muy cerca. —dijo Marc.

—Necesito encontrar a esta mujer. De seguro puede decirnos como llegar o darnos alguna pista de Leonard Infante. —dijo Lucas.

—¿Qué más necesitas? —preguntó Marc.

—Fisher se encuentra protegiendo a Bárbara aquí en el hospital. Necesito le consigan un lugar seguro donde podamos ocultarla. —dijo Lucas.

—Podemos asignar al agente William para que esté a cargo de la seguridad de Bárbara y Santiago realizará los arreglos para localizar un lugar. —dijo Marc.

—Excelente. Envíen los datos de Alba Miranda a la computadora de Kenshi. Saldremos de inmediato hacia el aeropuerto de la capital.

También, envíen refuerzos que estén pendientes al agente Enrique Rivera durante su estancia en el hospital. —dijo Lucas.

—Cuenta con ello. De paso, ¿qué planes tienes con Rose? —dijo Marc.

—Sabes cómo es ella y se molestaría si la saco del caso. En un rato ella estará lista para irse con nosotros. —dijo Lucas.

—Te entiendo. —dijo Marc.

—Por cierto, Kenshi analizó el lugar donde cayó el helicóptero. Encontró una sortija y necesitamos que se analice la sangre y las huellas en esta. No tengo dudas que debe de ser de alguno de los pandilleros que estuvieron ayudando a llevarse a los rehenes. Sospecho que con algún motivo perverso quieren utilizar también a Pamela y Anna. —dijo Lucas.

—Tu intuición es cierta. —dijo Marc.

—Es importante que el teléfono de Bárbara sea interceptado. Te envío los datos en un momento. —dijo Lucas.

Este envió el número de teléfono de Bárbara vía mensaje de texto a Marc.

—Si Leonard intenta comunicarse va a ser a través de ese número de teléfono. Deben intervenir y enviar copia de la grabación de inmediato a mi teléfono. —dijo Lucas.

—Perfecto. —dijo Marc.

—Necesito transporte, chalecos, explosivos y algunas armas. Tengan todo listo a nuestra llegada a la capital. Santiago, tengan vigilado el embarque de Optic Lenses. Eso es todo. —dijo Lucas.

—Suerte, hermano. —dijo Marc.

—Gracias, Marc. —dijo Lucas—. Terminó la llamada.

En el hospital Rose fue revisada y no se detectó ningún daño serio en el brazo. El doctor le tomó varios puntos y le dio medicamentos para el dolor. El doctor le notificó a Lucas que podía pasar a buscar a Rose a la habitación donde se encontraba. Rose estaba sentada en la camilla. Lucas se paró en la puerta de la habitación.

—¿Cómo te sientes? —preguntó Lucas.

—Los medicamentos me alivian el dolor. No siento nada. Puedo mover el brazo aunque tenga estas vendas. —dijo Rose.

—En unos diez minutos tenemos que partir. Una sortija que encontró Kenshi nos va ayudar a seguir el rastro de los hombres que tienen de rehenes a Pamela, Anna e Isamar. Marc tiene datos que involucran en este caso a Alba Miranda. Ella es la hija de Pablo Miranda. Hay varias transacciones de dinero entre compañías que levantan muchas sospechas. Si estas lista, nos podemos ir. En el camino te daré más información. A menos que desees quedarte. —dijo Lucas.

—Lucas, me conoces bien y nunca he dejado una misión incompleta. —dijo Rose.

—Entonces, ¿qué estamos esperando? —dijo Lucas.

Ambos salieron de la habitación rumbo al helicóptero. El agente William había llegado junto a otros compañeros para hacerse cargo de Enrique Rivera y Bárbara. Una hora después Fisher, Rose, Lucas y Kenshi se encontraban en la capital. Allí Santiago los esperaba para entregarles las armas y dos camionetas. Kenshi le entregó la sortija a Santiago quien de inmediato la entregó a otro agente para que fuera analizada. Santiago y el agente se trasladaron a un vehículo especial equipado para realizar análisis de sangre y pruebas de huellas dactilares.

Tiempo después, Rose y Fisher llegaron hasta las oficinas donde laboraba Alba Miranda. Otros agentes enviados por Santiago que se situaban cerca estaban ofreciendo vigilancia al lugar. Posteriormente, Alba Mirada salió en un lujoso coche. Fisher y Rose la siguieron en auto común sin levantar sospecha.

Rose le envió un mensaje de texto a Lucas indicando que Alba había salido del edificio. Lucas y Kenshi estaban estacionados cerca de la mansión donde vivía Alba. Kenshi aprovechó el tiempo entretanto esperaban y grabó imágenes del perímetro de la casa. Lucas observó la rutina de vigilancia de los guardias. Este miró su reloj de pulsera y le hizo una señal a Kenshi para entrar a la mansión a través del jardín. Ambos salieron del vehículo y entraron sin levantar sospechas al jardín. Lucas se acercó y abrió la caja que conectaba las cámaras de seguridad. Este le colocó un dispositivo con las imágenes grabadas que tomó Kenshi. Entretanto, Kenshi vigilaba los alrededores.

Luego, ambos se escondieron en los jardines esperando al guardia que pasara su ronda. Pasados unos minutos, el guardia llegó a completar su ronda. Lucas muy hábil tomó por sorpresa al guardia y le dio un golpe en la nuca con su arma. El guardia quedó inconsciente. Kenshi arrastró al guardia, lo escondió detrás de unas columnas y le quitó el radio de comunicaciones. Lucas utilizó una herramienta especial, la cual había traído en su chaleco, para abrir una de las puertas de la residencia y junto a Kenshi entraron a la misma. Ambos registraron la residencia en busca de pistas y otros dispositivos de seguridad. Estos terminaron de registrar el primer piso y después se dirigieron al segundo nivel donde se ubicaban las habitaciones.

Dentro de la habitación principal había un escritorio y sobre el mismo una computadora. De inmediato, Kenshi se acercó al escritorio y le instaló un aparato a la computadora para copiar todos los datos. Lucas examinó la habitación en busca de sensores y cámaras. Kenshi buscó entre las pertenecías personales que se hallaban en el escritorio. Lucas miró las paredes de la habitación y notó una moldura de madera diferente. Este se dirigió hasta la moldura. Al presionar la moldura los armarios para libreros de la pared se separaron y en el medio de los mismos apareció una puerta.

En ese mismo instante, Rose le envió otro mensaje de texto indicando que Alba se aproximaba a la mansión. Lucas le contestó con otro mensaje de texto que leía: "vigilen los dos guardias del lado norte". Este presionó de nuevo la moldura y regresaron los armarios a su lugar.

Alba llegó a la entrada principal de la mansión. Allí un guardia de seguridad le saludó y la dejó pasar. Esta llegó hasta el garaje, se estacionó, bajo del coche y caminó hacia una puerta para entrar a la mansión. La mujer de servicio se hallaba limpiando las alfombras de la sala con una aspiradora. Al ver a Alba, esta apagó la aspiradora.

—Voy a mi habitación. Puedes seguir realizando la limpieza. —dijo Alba.

—Sí, señora. —dijo la mujer de servicio.

Esta encendió de nuevo la aspiradora. Lucas escuchó el ruido de la aspiradora. Entonces, esperó a Alba detrás de la puerta que conectaba a la habitación de ella. Kenshi se ocultó detrás del escritorio. Alba abrió la puerta, entró a su habitación y en un movimiento rápido Lucas le tapó la boca. Kenshi se levantó y le apunto a ella con el arma de fuego.

—No le vamos hacer daño. Vengo a hablar con usted. No quiero gritos. A la mujer de servicio no le va a pasar nada. ¿Va a cooperar? —dijo Lucas.

Alba asustada movió la cabeza en señal de que iba a hacerlo.

Al acceder, Kenshi salió de la habitación, bajó las escaleras y se encargó de tomar por sorpresa a la mujer de servicio. Este le apuntó con el arma, la mujer se puso muy nerviosa.

—Si coopera, no le voy hacer daño. No grite. Ahora, siéntese en esa silla. —dijo Kenshi.

La mujer muy nerviosa no gritó y se sentó. En unos instantes, este le tapó la boca y la amarró a una silla utilizando una cinta adhesiva.

Por otro lado, Fisher y Rose se estacionaron ubicándose cerca. Estos se mantenían apuntando con sus armas a cada uno de los guardias.

Kenshi subió de inmediato a la habitación donde se encontraba Lucas.

—Lucas, tenemos que avanzar. Pronto se darán cuenta de que falta uno de los guardias. —dijo Kenshi.

—Envía un mensaje a nuestros refuerzos que disparen los dardos para adormecer a los guardias. —dijo Lucas.

Kenshi, le envió la orden a Fisher y a Rose. Ambos tomaron otra arma de sus respectivos chalecos y dispararon a los guardias.

—No intente ninguna estupidez. Voy a quitar mi mano de su boca. Como le dije venimos a hablar con usted. —dijo Lucas.

Alba se mantuvo inmóvil mientras Lucas retiraba la mano de su boca.

—Ahora siéntese en esa silla. —dijo Lucas.

Alba se sentó. Esta vio que habían buscado entre sus pertenencias.

—Tenemos pruebas que indica que usted tiene información sobre Leonard Infante. —dijo Lucas.

—¿A qué se refiere? —dijo Alba.

—Usted mantiene negocios con la empresa Encoding. Una empresa de alta tecnología que fabrica algunos aparatos para insertarlos en lentes. Esos aparatos según nuestras fuentes están relacionados con cirugías para los ojos. —dijo Lucas.

—Sí. En efecto, esos aparatos son parte de un nuevo lente y esa cirugía en los ojos ayuda a corregir la visión. ¿Qué tiene eso de malo? —dijo Alba.

—¿Usted tiene conocimiento que estas cirugías con esos lentes especializados están siendo utilizados para otros propósitos? —preguntó Lucas.

—No. ¿A qué se refiere? —dijo Alba.

—Esos aparatos están siendo reprogramados para almacenar códigos de seguridad. Estos códigos se utilizan para abrir puertas como esa que usted tiene en esa pared. —dijo Lucas.

—Es imposible. ¿Cuál puerta? —dijo Alba.

Lucas se acercó a la moldura y la presionó. En unos segundos apareció la puerta detrás de los armarios.

—Nunca he abierto esa puerta. —mirando asombrada—. Ni sabia de su existencia. —dijo Alba.

Kenshi regresó a la habitación. Lucas sacó unas gafas de su chaleco. Este le entrega las gafas a Kenshi.

—Esta mansión la adquirí hace unos meses a través de una subasta. —dijo Alba.

—Kenshi examina los ojos de Alba. —dijo Lucas.

Kenshi, se colocó las gafas y observó los ojos de Alba.

—No tiene lentes. El resultado es negativo. —dijo Kenshi.

—Ve y examina a la mujer de servicio y a los guardias. —dijo Lucas.

Kenshi salió de la habitación siguiendo las órdenes de Lucas. Minutos después, regresó a la habitación con la mujer de servicio.

—Lucas, dio positivo esta mujer. Los guardias dieron negativo. —dijo Kenshi.

—No puede ser. Mi padre la operó de los ojos. Él no tiene nada que ver con lo que ustedes están diciendo. —dijo Alba.

—Alba, su padre estuvo involucrado en una demanda de millones de dólares. De repente, la demandante muere. ¿Qué piensa de eso? —dijo Lucas.

—No tiene pruebas que lo relacionen con eso. —dijo Alba.

—¿Cuándo fue la última vez que habló con su padre? —peguntó Lucas.

—Hable con él antes de comenzar su presentación en la convención. —dijo Alba.

—Alba, su padre desapareció del hotel y nuestros agentes lo están buscando. —dijo Lucas.

—¿Para quienes trabajan? —preguntó Alba.

—Somos agentes del Servicio Secreto. Leonard Infante tiene secuestradas a unas personas y sospechamos que una de ellas es su padre. —dijo Lucas.

—¡Dios mío! —dijo Alba.

—Su padre es un cirujano muy reconocido. Quizás al verse afectado con la demanda contra su empresa este haya decidido involucrarse con el bajo mundo. ¿Qué sabe usted sobre esto? —dijo Lucas.

—No creo que mi padre se preste a algo tan sucio. —dijo Alba.

—¿Cómo explica usted la desaparición de su padre? —preguntó Lucas.

—No tengo idea. ¿Quizás algún demente lo haya secuestrado para pedir dinero? —dijo Alba.

Lucas tomó su teléfono celular y se comunicó con Fisher.

—Fisher, en la camioneta se encuentra un maletín negro. Tráelo a la mansión. Indícale a Rose que venga contigo. —dijo Lucas.

—Alba, si mis sospechas son ciertas. Parte de la evidencia debe estar detrás de esa puerta. Leonard Infante los está utilizando para mover sus negocios ilícitos. Una mujer, una adolescente y una niña fueron secuestradas por Leonard Infante. La madre de la niña confesó que estaba siendo extorsionada por Leonard Infante. Tenemos copia de una de las conversaciones donde amenazaba con matar a la niña si no cooperaba. La única forma de salvarle la vida a su padre es si usted coopera. —dijo Lucas.

En unos cuantos minutos, Fisher llegó con el maletín y se lo entregó a Lucas. Lucas colocó el maletín sobre una de las mesas de la habitación y abrió el maletín. Este sacó la computadora y buscó el archivo donde se encontraba la grabación de la conversación entre Leonard y Bárbara. Alba escuchó en silencio la conversación grabada y quedó sorprendida lo que había escuchado.

—Si abrimos la puerta se darán cuenta que los descubrimos. Kenshi, tenemos que descifrar dos emisores biométricos sin levantar sospechas. El código de seguro está en los ojos de la mujer de servicio. Usa el escáner que está dentro del maletín. —dijo Lucas.

El escáner era de la forma de una pistola. En la parte frontal del escáner tenía un lente especial que magnificaba la estructura ocular. La parte posterior del mismo poseía una pantalla donde se registraba el código numérico de la lectura del escáner.

Fisher se encargó de estar vigilante en la mansión. La mujer de servicio y Alba se mantenían sentabas. Kenshi le pidió a la mujer que cooperará dejándose revisar los ojos. Alba interrumpió a Kenshi y le explicó a la mujer que no le iba a pasar nada en sus ojos y le pidió a la mujer que accediera. La mujer accedió y Kenshi se acercó a ella. Con el escáner pudo adquirir el código. Kenshi colocó un pequeño dispositivo entre ambos emisores para evitar la trasmisión de una señal al momento que alertara al sistema a Leonard Infante.

—Ya estamos listos. Rose trae a la mujer para que abra la puerta. —dijo Lucas.

Lucas presionó de nuevo la moldura. Rose tomó a la mujer por el brazo y la acercó a la puerta. Esta la ayudó para que colocara sus huellas en uno de los emisores. De repente uno de los cilindros abrió. Luego, la mujer acercó su ojo al otro emisor y el segundo cilindro abrió. En unos segundos la puerta estaba abierta.

—Rose quédate en la habitación. Alba, usted venga conmigo. —dijo Lucas.

Alba se paró y entró con Lucas al túnel que había detrás de la puerta. Ambos caminaron a través del mismo. Lucas iba al frente observando las paredes y asegurándose que no existían cámaras de seguridad o un dispositivo que activara algún otro sistema de seguridad. A unos pocos metros, ambos se encontraron con un cuarto lleno de armamentos, grandes cantidades de dinero en efectivo, algunas joyas y cuadros con mucho valor en el mercado. En el centro se encontró un escritorio. Lucas se acercó y buscó entre las gavetas. En una de ellas se encontraban los planos de una hacienda llamada El Pitirre. Este abrió los planos. En el mismo estaban marcado todos los túneles que conectaban con la hacienda. Alba notó que había una carpeta con el nombre de su padre entre varios expedientes. Esta tomó la carpeta, al abrirla encontró el expediente personal y un historial bancario de su padre. Junto a los documentos había fotos de Eva Pesante, Ernesto Linares y una memoria USB. Lucas dejó de mirar los planos y se acercó a Alba.

—¿Me permite? —preguntó Lucas.

—Sí. Por supuesto. —dijo Alba.

—Alba, todo concuerda. En esa memoria USB debe de existir información muy importante sobre la demanda. —dijo Lucas.

—Quiero ver lo que tiene esa memoria. —dijo Alba.

—Lo vamos examinar en la computadora. Tome el expediente y regresemos a la habitación. Allí podremos ver que contiene esa memoria USB. —dijo Lucas.

Alba tomó el expediente y Lucas los planos. Ambos caminaron de regreso a la habitación. Al llegar, Lucas le entregó los planos a Kenshi. Alba, le entregó el expediente a Kenshi y la memoria USB.

—Rose, cierra la puerta. Kenshi examina que tiene esa memoria. —dijo Lucas.

Kenshi tomó la memoria USB y la conectó a la computadora. En la misma se hallaba información bancaria y unos videos. Kenshi, abrió los videos y en uno de ellos estaba la grabación de Ernesto Linares donde narraba su confesión del delito por haber atropellado a Eva Pesante según las órdenes recibidas de Pablo Miranda. Alba al escuchar la grabación rompió en llanto. Lucas tomó su teléfono celular y llamó a Marc.

—Marc, localizamos una puerta secreta en la mansión de la señora Alba Miranda. Pudimos decodificar los emisores biométricos ya que la mujer de servicio contiene los lentes con los códigos. Al abrir la puerta hallamos un túnel y al final del mismo hay dinero, armas y otros artículos de muchísimo valor. También, encontramos unos planos de la hacienda El Pitirre. Allí debe de estar escondido Leonard Infante. —dijo Lucas.

—Por fin ese infeliz las va a pagar. —dijo Marc.

—Además, vas a recibir unos archivos relacionados a la demanda contra la empresa de Pablo Miranda. —dijo Lucas.

—Excelente. ¿Cuál es tu plan? —dijo Marc.

—Envía a un grupo para custodiar la mansión y que se lleven a la mujer de servicio y los guardias para que estos sean interrogados. —dijo Lucas.

—Ya tenemos los resultados del análisis de la sortija. La misma fue robada hace dos meses. Voy a enviarte los datos de las huellas encontradas en la misma. Las huellas pertenecen a un hombre con antecedentes penales. Tengo su dirección residencial y lugar donde trabaja. Te voy a enviar el expediente para que conozcas los lugares que frecuenta. —dijo Marc.

—¿Y la sangre? —preguntó Lucas.

—La sangre en la sortija pertenece a Pamela. Ella debe haber recibido algún golpe o rasguño en la caída. —dijo Marc.

—Marc, nos mantenemos en contacto. Luego, me comunico contigo para explicarte mi plan. —dijo Lucas.

—Enterado. —dijo Marc.

Lucas finalizó la llamada. En poco tiempo, un equipo de agentes de seguridad llegó a la mansión. Lucas y sus compañeros salieron a prisa del lugar.

14 HACIENDA

Debajo de la hacienda El Pitirre existía un complejo laberinto construido en túneles de tierra con vigas de acero y algunas tuberías en las paredes. En algunos puntos estratégicos existían unas puertas de seguridad controladas con emisores. Detrás de una de las puertas existía un lugar sin ventanas, ventilado, donde se hallaban Pamela, Anna e Isamar. Los guardias les habían quitado las sogas y la cinta de la boca. En el espacio había unas sillas, unas camillas, un armario de medicamentos y unos instrumentos de cirugía. Una de las camillas estaba ensangrentada.

Pamela observó el lugar detenidamente buscando la forma de salir de allí. Isamar se situaba sentada en el piso y recostada del hombro de Anna. Pamela estaba buscando la manera de obtener un objeto que la ayudara abrir la puerta. De pronto miró el extractor. Esta se acercó a Anna e Isamar e hizo una señal a ambas para que no hablaran.

—Anna ayúdame a colocar esa camilla cerca de la pared, debajo de ese ventilador de pared. Isamar ayuda a Anna. —dijo Pamela—. En voz baja, señalando la pared.

Con mucho cuidado y sin hacer mucho ruido movieron la camilla. Pamela tomó una silla la colocó en la parte de arriba de la camilla. Esta se subió a la camilla y luego a la silla. Allí observó a través del ventilador un pasillo. En el mismo no había guardias de seguridad y al final solo existía una cámara de seguridad apuntando otro pasillo.

Se escucharon las voces de unos hombres que se acercaban. Pamela se bajó de la silla hasta llegar al piso. Esta quitó la silla. Tomó un escarpelo que se encontraba sobre la camilla ensangrentada y lo escondió entre los dedos de la mano. Anna e Isamar se situaron pegadas a la pared. Pamela se colocó frente a ellas para protegerlas.

Dos hombres se acercaron a la habitación. Uno de ellos aguardaba en el pasillo fumando un cigarrillo y el otro entró al lugar.

—Vengo por la niña —dijo el hombre.

—No le voy a permitir que se la lleve. —dijo Pamela.

El hombre decidió acercarse a Pamela para poder sacarla del medio y llevarse a Isamar. Cuando el hombre se acercó a Pamela, este se le paro de frente, le miró el busto y le sonrió en tono de burla. Esta sin titubear lo pateo en sus genitales. Este al sentir la patada puso sus manos sobre el pantalón para soportar el dolor. Ella en un movimiento rápido le enterró el escarpelo en el cuello, le quito el arma que llevaba en la cintura y lo empujó. El hombre cayó de rodillas al suelo. El otro hombre armado, soltó el cigarrillo, sacó su arma y entró de repente a la habitación. Este le disparó a Pamela logrando que la bala rozara cerca de su cara. Pamela se tiró de rodillas frente al hombre herido, para protegerse y, le disparó en el pecho al otro hombre. El arma del hombre cayó al piso y Anna se levantó del suelo y la recogió. Pamela se levantó y tomó de la mano a Isamar y la llevó hasta la puerta. Esta estaba llorando de la impresión al ver las dos personas muertas.

—Isamar confía en mí. Hay que mantener silencio. Tenemos que salir de aquí. —dijo Pamela.

Isamar abrazó fuertemente a Pamela. Esta le dio un beso en la cabeza a la niña. Luego, Pamela se volteó y le enseñó a Anna como quitarle el seguro al arma para disparar.

—Anna, tienes que aprender muy rápido. —dijo Pamela.

—Estoy lista, tía. —dijo Anna.

—Yo voy al frente y ustedes detrás. —dijo Pamela.

Al final del pasillo sin cámaras de seguridad, se localizaba una puerta. Las tres caminaron por el pasillo con cautela hasta lograr llegar a la puerta. Pamela abrió la puerta poco a poco y vio por la rendija. La puerta conducía a unos de los almacenes donde se guardaban los abonos y demás materiales para los cultivos. En la parte posterior del edificio de metal se encontraba un camión en la zona de carga y descarga. Un operador de montacargas entraba y salía del lugar para recoger y descargar la mercancía del lugar. Un hombre vestido de guardia de seguridad esperaba en la puerta del almacén.

El conductor del camión se bajó del mismo y le dijo al guardia que se dirigía al baño. El guardia lo dejó entrar. Pamela cerró la puerta. El hombre pasó por el frente de la puerta para poder llegar al baño. Pamela le pidió a Anna y a Isamar que aguardaran en lo que ella hablaba con el conductor. Ambas permanecen detrás de la puerta y Pamela salió sin ser vista. Esta llegó al baño donde el conductor se hallaba con los pantalones abajo utilizando el urinal, de espaldas hacia ella. Esta sacó el arma y se la puso en la cabeza.

—No se voltee. —dijo Pamela.

El hombre del susto se detuvo y temblando levantó las manos.

—No me mate. Yo soy un hombre cristiano. —dijo el hombre—. Muy nervioso.

—Necesito que me diga dónde queda la salida de este lugar. —dijo Pamela.

—La salida es hacia el sur. —dijo el hombre.

—Lentamente saque las llaves del camión de su bolsillo. —dijo Pamela.

—No tengo las llaves. —dijo el hombre.

—No trate de jugar conmigo. —dijo Pamela—. Muy molesta.

—Las llaves están pegadas al camión. —dijo el hombre.

—Usted va a salir de aquí conmigo y no trate de pasarse de listo. —dijo Pamela.

—En la caseta de seguridad los guardias se van a dar cuenta de que entré solo o notarán mi ausencia. Todos me conocen. —dijo el hombre.

Pamela se quedó pensativa por un instante.

—Le puedo ayudar a salir. —dijo el hombre.

—¿Cómo sé que puedo confiar en usted? —dijo Pamela.

—En el bolsillo detrás de mi pantalón esta mi cartera y mi licencia de capellán. Hace un mes mi hijo tuvo un accidente y conduzco su camión para que pueda pagar sus terapias. —dijo el hombre.

Pamela sabía que no podía tomarse mucho tiempo reteniendo el hombre pues notarían su ausencia.

—Rápido súbase el pantalón. —dijo Pamela.

El hombre se subió el pantalón y sacó la cartera de su bolsillo. Pamela le quitó la cartera y encontró la licencia. Entonces, esta bajó el arma.

—¿Qué propone? —dijo Pamela.

—Voy a abrir la puerta del pasajero del camión. —se queda pensativo por unos segundos—. Luego, voy a distraer al guardia mientras el joven que maneja el montacargas va a la oficina a firmar la hoja de recibo por la mercancía que le entregaré. En ese momento, suba al camión y escóndase. —dijo el hombre.

—Conmigo viene una joven y una niña que secuestraron estos hombres. —dijo Pamela.

—Me encargaré de distraerlos bastante tiempo hasta ver que ya estén adentro del camión. —dijo el hombre.

—Bueno, vamos. —dijo Pamela.

El hombre salió del baño y se dirigió al guardia de seguridad. Pamela salió luego de él sin ser vista para llegar hasta donde estaban Anna e Isamar. El conductor del camión distrajo al guardia y Pamela, Anna e Isamar subieron al camión. El conductor del montacargas le entregó el recibo al conductor del camión y este se subió al mismo. El camión tenía los cristales con tintes oscuros que evitaban ver el interior de la cabina de los pasajeros.

—Manténganse abajo y en silencio. —dijo el hombre.

Mientras tanto, en el interior de la residencia había un cuarto de comunicaciones con un sistema de cámaras de seguridad para vigilar los alrededores de la hacienda y los túneles. Dos guardias se encontraban vigilando las cámaras. Leonard se dirigió al cuarto de comunicaciones para asegurarse que todo estuviera bajo control. Las imágenes en los monitores mostraban los pasillos de los túneles vacíos y el perímetro de los alrededores no levantaban sospechas. Leonard les advirtió a los guardias que estuvieran muy al pendiente de los monitores y que advirtieran de inmediato a los demás si observaban algo sospechoso.

Leonard salió hacia el pasillo y llamó a Bárbara. Bárbara se ubicaba en una oficina junto a Santiago cuando el teléfono celular comenzó a sonar. El aparato estaba conectado a un sistema de rastreo de llamadas.

—Tome la llamada. Trate de mantener la calma. —dijo Santiago.

—¡Hola Leonard! —dijo Bárbara.

—¿Ya encontraste a tu hija? —preguntó Leonard.

—¿Dónde tienes a mi hija? —dijo Bárbara.

—Fue muy fácil llegar a ella. Ahora te toca a ti decidir si vive o no. —dijo Leonard.

—No te atrevas a tocarla. —dijo Bárbara.

—Tienes veinticuatro horas para depositar diez millones de dólares en el número de cuenta que te enviaré y luego te dejaré saber dónde recogerás a tu hija. —dijo Leonard.

—Por favor, no le hagas daño a mi hija. Sabes que no cuento con ese dinero. —dijo Bárbara—. Muy angustiada.

—Tú no, pero tus amigos sí. Tienes veinticuatro horas. —dijo Leonard—. Terminó la llamada.

Santiago no pudo rastrear la llamada. Bárbara al ver que no se pudo rastrear la misma entró en un estado de nervios pues sabía que Leonard era capaz de todo.

—Tienen que conseguir ese dinero. —dijo Bárbara—. Aguantando a Santiago por un brazo.

—Lo vamos a conseguir. En estos momentos aviso para que consigan el dinero. Nos encargaremos de todo para que su hija este a salvo. Permítame hacer unas llamadas. —dijo Santiago.

Bárbara retiró sus manos del brazo de Santiago. De inmediato, este se comunicó con Marc para informarle lo sucedido y recibir nuevas instrucciones.

Mientras, por el pasillo donde se caminaba Leonard había varios cuartos. Este llegó a uno de ellos y sacó una tarjeta de su pantalón, la insertó en una caja codificada y la puerta del cuarto se abrió. Dentro del cuarto se encontraba el doctor Pablo Miranda y dos guardias. El lugar era un espacio para recibir visitas, amueblado, con mesas repletas de entremeses y licores de diferentes países.

—Mi queridísimo doctor Miranda. Espero que mis guardias lo hayan tratado bien. —dijo Leonard.

—No hay duda que tus gustos han cambiado. —dijo Pablo.

Este miró una botella de un costoso vino que tenía en sus manos.

—El tiempo me ha enseñado que hay que conocer bien al enemigo y atacar su lado más débil. —dijo Leonard.

—Si te crees tan listo. ¿Qué vienes a proponer? A ver si tú idea coincide con lo que dices. —dijo Pablo.

—En uno de los cuartos del pasillo se encuentra un empresario y uno de sus hombres. Su trabajo consiste en realizar el implante en los ojos del hombre con los nuevos lentes oculares. —dijo Pablo.

—Le puedes solicitar el mismo trabajo a cualquier cirujano. No sé por qué te empeñas en utilizarme. —dijo Pablo.

—Unos de los cirujanos se negó a realizar mis órdenes y le fue muy mal. Aun su sangre corre por una camilla, en una sala especial donde se encuentra su otra nieta. —dijo Leonard.

—¿A qué te refieres? Sólo tengo una nieta y falleció. —dijo Pablo.

—Usted siempre me acuerda aquel soliloquio de la obra de Shakespeare,… de la boca de Hamlet decir *"ser o no ser"*. —dijo Leonard.

Leonard camina alrededor de Pablo. Este se queda inmóvil escuchando a Leonard.

—Te falta muchísimo para ser un hombre educado. —dijo Pablo.

Leonard molesto tomó por el cuello de la camisa a Pablo.

—Antes de morir su padre, le confesó a Ernesto Linares que usted había tenido relaciones fuera del matrimonio con una mujer. De esa relación nació Bárbara Espinoza. Aunque su padre le insistió que reconociera a su hija usted nunca lo realizó. —dijo Leonard.

Leonard suelta la camisa de Pablo y lo empuja hacia atrás. Pablo tropieza pero no cae al piso.

—Es obvio que Alba es muy distinta a Bárbara. A Bárbara le gustan las comodidades y los lujos como usted. —mira el reloj de su brazo—. De usted depende que nadie de su familia salga dañado en este asunto. Mis guardias se encargaran de llevarlo a la sala de operaciones. —dijo Leonard.

Los guardias escoltaron al doctor Pablo Miranda por el pasillo hasta la sala de operaciones. Leonard abrió una de las botellas de whiskey y se sirvió una copa. En esos momentos entró al lugar uno de los guardias del cuarto de comunicaciones.

—Señor, los guardias que salieron a buscar a una de los rehenes no se han reportado. Del almacén vimos salir un camión. —dijo el guardia.

—Envíe a dos guardias al lugar. Alerta a los demás. Que nadie salga de la hacienda sin ser registrado. —furioso—. Quiero a la mujer, la joven y la niña de regreso. —dijo Leonard.

El guardia comenzó a enviar códigos a través del radio de comunicaciones a los demás guardias. El guardia de la caseta principal cerró los portones de salida de inmediato.

Leonard salió del lugar, se dirigió al final del pasillo y bajó por unas escaleras. Este caminó hasta llegar a otra puerta que contenía un emisor. Este se acercó para que el aparato le detectara el código de su ojo derecho. En unos segundos la puerta se abrió.

Por otro lado, el camión donde iban Pamela, Anna e Isamar se acercaba a la salida de la hacienda. De pronto, el conductor del camión ve que el portón de salida está cerrado y dos guardias armados están vigilando la salida. Este mira por el retrovisor y unos coches se atravesaron en la parte de atrás para evitar que el conductor intentara retroceder.

—Estamos bloqueados. Creo que nos descubrieron. —dijo el conductor del camión.

Los guardias que se encontraban en el portón apuntaron con sus armas y uno de los hombres se acercó a la puerta del conductor.

—¿Qué pasa? —dijo el conductor del camión.

—Bájese del camión. —dijo el guardia.

El conductor miró con tristeza a Pamela y las jóvenes.

—No voy a poner en riesgo sus vidas. Tenemos que bajar del camión. —dijo el conductor del camión.

Pamela accedió y todos bajaron del camión.

Mientras, el lugar donde se hallaba Leonard era oscuro. Este encendió la luz a través de un interruptor que se encontraba en la pared. El lugar representaba el cuarto de una niña. Las paredes estaban decoradas representando el cielo. En la pared de fondo había un escritorio blanco con una silla. Sobre la silla se hallaba una muñeca. Leonard se acercó a la silla y tomó la muñeca en sus manos.

—Siempre me decías que querías tener una amiga. —toma un cepillo de la gaveta del escritorio y comienza a peinar la muñeca—. Muy pronto una prima tuya vendrá a conocerte. —suelta el cepillo en el escritorio—. La voy a dejar jugando contigo,… jugando para siempre. —dijo Leonard.

Los guardias del cuarto de comunicaciones observaron que los rehenes ya estaban bajo la custodia de los otros guardias.

Leonard sacó su teléfono del bolsillo, vio una llamada de uno de sus guardias y contestó.

—¿Detuvieron el camión? —preguntó Leonard.

—Sí señor. En estos momentos están bajando al conductor del camión. Tenemos a los cuatro rehenes. —dijo el guardia.

—Lleven al conductor, a la mujer y la joven al tanque número tres que conecta al rio. Abran la escotilla y escóndalos allí. La niña la llevan a mi oficina. Ah, al hombre le dan una golpiza. —dijo Leonard.

—Enterado. —dijo el guardia.

El hombre bajó del camión y uno de los guardias le apuntó con su arma de fuego. El conductor subió las manos. El guardia lo rodeo hasta estar detrás de él. Este le bajo los brazos, le puso una cinta plástica en sus manos para controlarlo. Las otras tres rehenes bajaron del camión. Uno de los guardias tomó por el brazo a Isamar.

—¿A dónde la llevan? —dijo Pamela.

—Eso a usted no le importa. —dijo el otro guardia.

El hombre montó a Isamar a uno de los vehículos y se la llevó. Pamela y Anna subieron a una camioneta. Los guardias golpearon al conductor del camión y luego lo tiraron dentro de la camioneta. Estos cerraron las puertas de la camioneta y se montaron en la misma.

A esa hora los trabajadores de los invernaderos ya habían concluido sus turnos. Los hombres condujeron la camioneta hasta el lugar donde le habían indicado. Estos estacionaron la camioneta. Uno de los hombres salió de la misma, se acercó al tanque y abrió la escotilla. El tanque se conectaba a una tubería que suplía agua en la parte alta y otra tubería por debajo que servía para descargarlo. Los hombres obligaron a Pamela y Anna a entrar al tanque. Uno de ellos empujó a Pamela por el brazo izquierdo lastimándole la herida que tenía. La herida comenzó a sangrar. Pamela se colocó la mano derecha sobre la herida y caminó hasta la escotilla. Esta al bajar por la escalera dejó marcado con su sangre la tapa de la escotilla. Luego, Anna bajó la misma escalera. El agua del tanque le cubría a Pamela hasta las rodillas. Uno de los guardias le cortó la cinta plástica al conductor del camión para que este pudiera entrar al tanque. El hombre mal herido bajó la escalera con la ayuda de Pamela. Los hombres cerraron la escotilla y dejaron a los rehenes atrapados.

—Tenemos que buscar la manera de salir de aquí. —dijo Pamela.

—Este tanque es uno de los más viejos de la hacienda. Esta construido en bloques y acero. La única forma es sacando la rejilla de acero que protege la tubería de descarga. —dijo el capellán.

—Es imposible. Tiene un candado que lo protege. —dijo Anna.

—Esto no tiene sentido y más esa cámara que está en el techo. —dijo Pamela.

El capellán se hallaba recostado en una de las paredes, con los brazos sobre sus costillas. Pamela comenzó a buscar en el agua a ver si encontraba algo. Anna comenzó a hacer lo mismo. El agua estaba turbia, con hojas y algunas piedras en el fondo.

15 ATRAPADOS

Lucas le explicó sus planes a Marc durante el trayecto hacia la residencia del hombre que se robó la sortija. Lucas y Kenshi llegaron a la residencia pero notaron que en ese justo momento el hombre salía en su motora. Estos lo siguieron sin levantar sospecha. El hombre que perseguían llegó a un negocio de ventas de licores. Este se estacionó en la parte posterior del edificio y entró al negocio por unas de las puertas laterales. Mientras que, Lucas y Kenshi pararon a esperarlo en el estacionamiento. Lucas se bajó de la camioneta y se escondió en la parte trasera del edificio cerca del estacionamiento de motoras. Minutos después, el sospechoso salió del edificio en dirección al estacionamiento donde se hallaba su motora. Kenshi avisó a Lucas con un gesto, que el hombre se acercaba. Cuando el hombre llegó a la esquina del edificio Lucas lo interceptó y le apuntó con el arma. Kenshi de inmediato acercó la camioneta. El hombre muy nerviosos, no se reusó y caminó junto a Lucas. Lucas abrió la puerta trasera y empujó al hombre hacia el asiento de atrás. Ambos se llevaron al delincuente. Este continuó apuntando al hombre con su arma de fuego hasta que se desviaron de la carretera principal por un camino solitario. Kenshi estacionó la camioneta y Lucas sacó al ladrón fuera de la camioneta.

—De rodillas sobre la tierra. —dijo Lucas.

El ladrón se arrodilló entretanto Lucas le tenía el arma apuntando hacia la cabeza. Kenshi se bajó del coche y se acercó a Lucas.

—¿Dónde tienen a las personas que sacaron del helicóptero? —dijo Lucas.

—No sé de qué me habla. —dijo el ladrón.

Lucas disparó y la bala le rozó una de las rodillas. El ladrón comenzó a quejarse.

—Te hago la misma pregunta. ¿Dónde las tienen? —dijo Lucas.

—Las llevamos a la residencia. Bajamos por una escalera y las dejamos en una puerta. Estaban vivas cuando las entregamos. —dijo el ladrón.

—¿Qué más sabes? —dijo Lucas.

—La niña y la joven tenían unos rasguños leves. La otra persona una herida en el brazo. El trabajo era entregarlas y luego irnos del lugar. —dijo el ladrón.

Lucas le dio por la nuca al hombre y lo dejó inconsciente. Kenshi le amarró las manos, los pies con una cinta adhesiva y le tapó la boca. Con una soga lo dejó amarrado a uno de los árboles. Lucas le envió un mensaje a Marc con las coordenadas para que recogieran al hombre. Kenshi tomó la cartera del ladrón la cual contenía una tarjeta de empleado con un microchip que le permitiría algunos accesos.

Ambos salieron de inmediato del lugar y se dirigieron a la hacienda. Durante el trayecto, Lucas le dio los detalles de su plan a Marc.

Por otro lado, Rose y Fisher llegaron al lugar que Lucas le indicó para que se ocultaran y observaran el movimiento de camiones y personas que se movilizaban a través de la hacienda.

Entre los edificios sobresalía uno de varios pisos que era custodiado por dos guardias fuertemente armados. Rose notó la presencia de los guardias a través de sus binoculares. Fisher se memorizaba el orden como estaban ubicados los edificios y los movimientos de los guardias. Rose con sus binoculares buscaba detalles a las afueras de los edificios que le permitieran obtener alguna pista.

En un periodo corto, Lucas y Kenshi llegaron al lugar donde se encontraba Rose y Fisher. Lucas le explicó el plan a ambos. Kenshi se encargó de grabarles en los teléfonos de pulsera los planos de la hacienda. Por órdenes de Lucas y sin perder más tiempo, Fisher y Rose salieron hacia la tienda de flores que se encontraba dentro de la hacienda.

En las fueras de la hacienda, entre unas rocas que se encontraban en la cima, Lucas y Kenshi aguardaron vigilantes. Lucas a través de la mirilla de su rifle vio a Rose y Fisher entrar a la tienda. Este giró el rifle y le disparó a un transformador de electricidad dejando la mitad de la hacienda sin corriente eléctrica.

Aprovechando el momento Fisher pasó muy cerca del gerente de la tienda y logró, sin levantar sospechas, quitarle la tarjeta de empleado. Este continuo caminando y se la entregó a Rose que se ubicaba cerca de una puerta.

Entretanto, Pamela escuchó la explosión del transformador. Buscando en el agua encontró unas varillas de acero que el sedimento ocultaba y la sacó del agua.

El capellán tomó una de ellas y le pegó fuertemente a la cámara de seguridad dejándola inservible. Pamela tomó dos de estas varillas y las colocó entre el conector del candado que se hallaba en la cerradura de la rejilla. Entre los tres comenzaron a tirar de las varillas para tratar de sacar el candado. En unos minutos el candado abrió y cayó al suelo.

—Tía le tengo miedo a las arañas, los ratones y escorpiones. —dijo Anna.

—Tranquila, no va a pasar nada. Yo voy a ir adelante y si logro ver algo lo mato. Solo te pido que no grites. —dijo Pamela.

—Te prometo que no voy a gritar. —dijo Anna.

—Tenemos que irnos. Vamos. —dijo Pamela.

Los tres salieron del lugar de inmediato.

Al otro lado, un generador de electricidad encendió las luces de emergencia. Rose aprovechó y acercó la tarjeta a la caja codificada de la puerta y esta abrió. Ambos entraron al pasillo que conectaba dicha puerta. El pasillo al final se dividía en dos lados. En ese punto ambos se separaron. Rose se dirigió por los pasillos que la conducían a la residencia y Fisher continúo hacia el pasillo que lo llevaría al almacén de distribución y unos invernaderos que estaban cerca a los tanques de reserva de agua.

Por otro lado, por la parte sur, el portón de acceso a la hacienda había quedado abierto mientras se restablecía la electricidad. Los guardias de seguridad estaban al pendiente del portón y no dejaban entrar a nadie.

Aprovechando la situación, Lucas y Kenshi salieron corriendo hasta unos arbustos. Detrás de los arbustos se hallaba un coche abandonado con la apariencia de haber sido quemado. Lucas se acercó al coche y vio que le habían removido el piso y en el centro estaba una escotilla con un candado puesto. Kenshi sacó un pequeño corta candados de su mochila, abrió la puerta del coche y rompió el candado. Ambos entraron por la escotilla. El lugar estaba muy oscuro y lleno de agua. Era una tubería de alcantarillado vieja que había sido construida por los primeros dueños de la hacienda. Lucas sabía que tenía que llegar rápido a la hacienda. Según acordado Marc tenía rodeada las salidas con agentes encubiertos situados en las carreteras adyacentes, ya que, en cualquier momento podía salir Leonard huyendo del lugar. Lucas pensaba en todo momento en encontrar a Pamela y a las dos jóvenes.

Ambos siguieron la ruta que habían visto en los planos. Al final del trayecto encontraron una rejilla en metal que le daba acceso a la hacienda. Kenshi sacó de su mochila una caja pequeña ya preparada con explosivos. Este la colocó en la rejilla y la activó. Ambos se alejaron de la rejilla y se escondieron detrás de otro pasillo que conectaba a la vieja alcantarilla. El explosivo detonó.

Unos hombres armados que se encontraban al otro lado en uno de los pasillos adyacentes salieron a ver lo que ocurría. Uno de los guardias salió por la abertura donde estaba la rejilla en pedazos. Lucas que se había acomodado en cuclillas en el piso del pasillo lo alcanzó con un balazo. El otro guardia comenzó a disparar y se acercó al hombre que estaba herido. Este agarró a su compañero por la camiseta para arrastrarlo y con su arma de fuego disparaba sin cesar tratando de protegerse.

Lucas le hizo una señal a Kenshi para que se adelantara mientras le cubría. Este salió rápidamente y al conectarse al otro pasillo, alcanzó con dos balazos al otro hombre. Lucas se acercó y vigiló el lugar en lo que Kenshi rebuscaba en los pantalones de los hombres. Ambos tenían los bolsillos vacíos. Frente de ellos había otra escotilla que solo podía ser abierta del otro lado.

—Estamos cerca del almacén de distribución y los invernaderos. Tenemos que esperar a Fisher. En unos minutos, debe llegar. —dijo Lucas.

Lucas revisó su chaleco y por un momento se quedó pensativo. Este recordó las palabras de Pamela cuando aceptó casarse con él.

Kenshi colocó su mano sobre el hombro de Lucas.

—Lucas, ¿Yo estoy tan ansioso como tú? ¿Crees que Fisher lo logre? —dijo Kenshi.

—Leí su expediente. No debemos preocuparnos. Además, ama a Pamela como si fuera su hija. —dijo Lucas.

A una corta distancia, Fisher se percató que uno de los hombres armados se hallaba dando la ronda por el pasillo. Para poder burlar la cámara de seguridad lanzó una bomba de humo. El hombre que caminaba dando la ronda sacó su arma y comenzó a disparar. Fisher muy audaz contó los disparos del hombre. Entretanto, este sacó de su mochila una mascarilla y se la colocó. Cuando el hombre hizo el intento de cambiar el cartucho de balas de su arma de fuego, Fisher caminó entre el humo se acercó y le atinó un disparo en la cabeza. Este se acercó a la puerta de acceso y se dio cuenta que necesitaba poner la huella dactilar para poder pasar. Entonces, arrastró al muerto y acercó su mano a la pantalla de la caja de acceso. La puerta abrió. No había nadie en el otro pasillo. Unos rayos rojos se veían a través del humo que se dispersaba por el pasillo. Este tomo el arma del hombre muerto, le quitó el cartucho de balas y tiró la misma rozando el suelo para que llegará hasta la pared del fondo. Cuando el arma de fuego alcanzó uno de los rayos rojos a la mitad del pasillo ocurrió una explosión. La luz se apagó y las alarmas comenzaron a sonar. Los focos de luz rojo iluminaban las rutas. Este vio un cuarto donde estaban dos hombres muertos. Entonces, aguardó unos segundos, se quitó la máscara y salió hacia el pasillo que lo conectaba por debajo de los terrenos de los invernaderos. Cuando llegó a una escotilla que daba acceso al alcantarillado, se aseguró que no venía nadie y abrió la escotilla.

Lucas y Kenshi aguardaban detrás de la escotilla. Al escuchar que la escotilla se abrió apuntaron hacia la misma. Al abrirse la escotilla vieron a Fisher y bajaron las armas.

—¿Algún rastro de las chicas? —preguntó Kenshi.

—Aun no. Vi en el pasillo del almacén un cuarto con unos hombres muertos. No estaban ellas. —dijo Fisher.

—Fisher debes continuar hacia los tanques de agua. Rose debe estar muy cerca de la residencia. Nosotros vamos por la otra ruta que nos llevará hasta Leonard. No tenemos mucho tiempo. Hay que encontrar a las chicas. —dijo Lucas.

—Perfecto. Voy hacia los tanques. Nos veremos luego. —dijo Fisher.

Fisher se preparaba para salir cuando Lucas lo detuvo poniendo una de sus manos sobre el hombro.

—Un momento Fisher. —dijo Lucas.

—¿Qué sucede? —preguntó Fisher.

—Cuando encuentres a Pamela me envías el código uno, dos, dos, cuatro a mi teléfono celular. Dile a ella que esa es la fecha que me gustaría celebrar nuestro matrimonio. —dijo Lucas.

—¿En un mes? ¿Estás hablando en serio? —preguntó Fisher.

—Muy en serio. —dijo Fisher.

—Hijo. Cuenta con eso. —dijo Fisher.

Kenshi se encontraba vigilando el lugar. Este se acercó a Fisher.

—Por favor, dile a Anna que pronto también la veré. —dijo Kenshi.

Fisher y Lucas lo miraron seriamente.

—No tengo código. —dijo Kenshi.

—El muchacho es bueno. —dijo Fisher.

Fisher se sonrió, sacó su arma de fuego y partió en busca de ellas.

En la residencia, Leonard Infante observó a través de los monitores que uno de sus guardias se acercaba con la niña, además notó que una de las cámaras no funcionaba y que la trampa de los explosivos se había detonado. Leonard buscó la pantalla donde estaban los rehenes. La pantalla estaba fuera de servicio. En esos momentos sonó el teléfono y Leonard lo contestó.

—Señor, en el sector nueve y once hubo dos explosiones. Estamos siguiendo el protocolo, ya tenemos a los hombres asegurando las salidas y otros fueron enviados a proteger el perímetro de la hacienda. —dijo el jefe de seguridad—. Este se situaba en el cuarto de comunicaciones.

—Busque a los rehenes que se encuentran en el tanque número tres. Tráigalos aquí de inmediato. Los explosivos no se activaron solos. Seguramente alguien los activo y debe estar cerca. Envié guardias a buscar en el sistema de alcantarillado viejo que conecta a los tanques. Los demás que rodeen la residencia. Preparen los helicópteros. —dijo Leonard.

—Entendido. —dijo el jefe de seguridad.

Azul se situaba junto a él tomando agua. Leonard tomó de la gaveta del escritorio unas galletas para perros, le dio una Azul y comenzó acariciarla. En unos instantes, el guardia que traía a Isamar tocó a la puerta. Leonard miró una de las pantallas que se hallaba en la pared, la cual mostraba la entrada a su oficina. Este apretó un botón y la puerta se abrió.

Leonard se levantó del escritorio y se paró al lado del mismo. Azul se sentó al lado de él. El guardia entró a la oficina junto a la niña.

—Tú debes ser Isamar. Te pareces mucho a tu madre. —dijo Leonard.

La niña se mantenía en silencio. Azul no se movía del lado de su amo.

Este al ver que la niña no le contestaba, sacó su teléfono celular y marcó para hablar con Bárbara. Bárbara junto a Marc aguardaban esperando la llamada de Leonard. Al escuchar el teléfono sonar ella lo tomó de inmediato.

—¿Quiero hablar con mi hija? —dijo Bárbara.

—Tranquila y no te alteres. Voy a poner el teléfono en alta voz para que le hables. —dijo Leonard.

Leonard colocó el teléfono en alta voz.

—Hija, ¿estás bien? —dijo Bárbara.

—Mami, sácame de aquí. ¡Por favor! —dijo Isamar.

—Hija no te preocupes. Pronto estaremos juntas. —dijo Bárbara.

—El número de cuenta es el 010409051128 del Banco Internacional Caribeño. Les quedan menos de veinticuatro horas. —dijo Leonard.

—Se hará la transferencia del dinero teniendo a la niña. Lo haremos frente a frente. —dijo Marc.

—Muy bien. En el puente Teodoro Moscoso en una hora. —dijo Leonard.

Leonard terminó la llamada. Marc junto a otros agentes grabaron la conversación. No pudieron identificar el lugar donde se generaba la llamada.

Avanzando por uno de los pasillos, Rose aprovechó los segundos en lo que se restablecían los sistemas de cámaras y cortó el cable de estas. Esta colocó un pequeño dispositivo que bloqueaba la señal a la misma. Al colocar el dispositivo, Rose se comunicó vía mensaje al teléfono de Kenshi. Al terminar, esta escuchó a unos hombres que se acercaban. Rose se escondió detrás de una de las esquinas y aguardó sin ser vista. Al escuchar los pasos acercarse, está en un giro rápido disparó a uno de los hombres. El otro hombre contestó los disparos. Cuando el hombre se detuvo, Rose salió del pasillo y le disparó atinando en el estómago al hombre. Esta sintió un fuerte dolor en su hombro debido al esfuerzo realizado al haber disparado. Su herida comenzó a sangrar. Esta sacó de su chaleco un ungüento y se lo aplicó en la herida. Se colocó un nuevo vendaje y se marchó.

Posteriormente, Rose logró llegar a una de las puertas de acceso a la residencia. La misma estaba siendo custodiada por un guardia. Rose sin perder el tiempo sacó una granada de mano de su chaleco y se la lanzó al piso. En unos segundos la granada explotó y dejó sin vida al hombre. Había polvo por todo el pasillo y poca visibilidad. Rose cerró los ojos, se cubrió la nariz y aguardó un momento. El dolor en el hombro le molestaba demasiado. Esta sacó una pequeña jeringa de su chaleco y se inyectó un medicamento para aliviar el dolor.

Pasado el momento, Rose llegó hasta el piso donde se localizaba la sala de operaciones donde se encontraba Pablo Miranda. Luego sacó el mapa y se ocultó en una de los cuartos cercanos de comunicaciones. En la pared se encontraba el panel de seguridad de las cámaras. Esta lo abrió y le colocó un dispositivo. Esta sacó su teléfono y le envió otro mensaje a Kenshi indicando que el dispositivo estaba instalado.

—Lucas, ya tenemos control de las cámaras. —dijo Kenshi.

Lucas se acercó a otro pasillo y vio a un guardia vigilando la puerta que conectaba a un ascensor. Este neutralizó al guardia con un disparo. Ambos llegan al ascensor que subía directo a la residencia. De esta manera lograron apoderarse de una llave y una pequeña computadora custodiadas por el guardia. Cuando observaron las cámaras de seguridad no encontraron movimiento en los pasillos.

—Kenshi, no podemos confiar en los dispositivos de las cámaras. Esto puede ser una trampa. —dijo Lucas.

—Era de esperarse. ¿Qué hacemos? —dijo Kenshi.

Mientras, Kenshi vigilaba, Lucas tomó por los brazos al occiso que estaba en el piso y lo arrastró hasta el ascensor. Este le quitó la camisa al cadáver y la correa de la cintura.

—Abre el ascensor. —dijo Lucas.

Kenshi abrió el ascensor. Lucas sentó cadáver en una de las esquinas de la cabina del elevador, dejando el cuerpo en cierto ángulo para que el cuerpo no se moviera hacia al frente. Este le colocó la camisa en la cabeza para ocultar su rostro. Luego, tomó la correa y se la colocó en la boca rodeando la cabeza. Lucas sacó de su chaleco una granada explosiva y la escondió detrás de la cabeza del cadáver, entre la camisa y la correa. Luego le sacó el detonador y salió rápido del ascensor. Kenshi presionó el botón del ascensor y siguió detrás de Lucas.

Por otro lado, una guardia de seguridad se hallaba realizando su ronda por el pasillo y se acercó al cuarto de comunicaciones. En ese instante, esta recibió instrucciones por radio para que fuera en busca del doctor Pablo Miranda y lo llevara a la oficina de Leonard Infante.

—Copiado. —respondió la guardia.

El guardia de seguridad que se localizaba vigilando la sala escuchó el mensaje por su radio. La guardia al voltearse para regresar a buscar al doctor fue atacada por Rose. Esta la golpeó en la nuca. Rose la sujetó por los hombros y la colocó dentro del cuarto de comunicaciones. Rose le removió la ropa a la mujer y se vistió como ella para pasar desapercibida. En pocos minutos, Rose salió al pasillo caminando hasta llegar al cuarto de operaciones. El guardia de seguridad vio a la mujer acercarse.

—Vengo por el doctor Pablo Miranda. —dijo Rose.

Al ver que la mujer no levantaba sospechas la dejó entrar.

—Adelante. —dijo el guarda de seguridad.

Al entrar al cuarto de operaciones el doctor Miranda estaba quitándose los guantes de las manos y la mascarilla que cubría su rostro. Rose observó el lugar y el hombre operado continuaba sedado. Otro hombre aguardaba cerca de él.

—Doctor Miranda, necesito que me acompañe. —dijo Rose.

—Le acompaño cuando termine aquí. No recibo órdenes de mujeres como usted. —dijo Pablo Miranda—. En tono arrogante.

Rose sacó su arma de fuego y le apuntó.

—Algunos hombres sufren una enfermedad llamada delirio de superioridad. Lo gracioso es que solo ellos se lo creen. ¡Muévase ahora mismo! —gritó Rose—. Mientras se acercaba a él.

El doctor Miranda se quitó la bata, el gorro de la cabeza lentamente y los tiró al piso. Rose le acercó el arma de fuego a la cabeza.

—Camine y no haga nada estúpido. —dijo Rose.

Ambos salieron de la sala de operaciones. Rose paró en un instante y se dirigió al guardia.

—Tienes que acompañarme. Vamos llevar al doctor a la oficina del Leonard Infante. Ve al frente abriendo los accesos. Yo me encargo del doctor. —dijo Rose.

El guardia de seguridad hizo una señal con su cabeza aceptando la orden y se fue caminando al frente de ambos. Luego de abrir varias puertas llegaron hasta la oficina de Leonard Infante. El guardia de seguridad tocó la puerta. Leonard miró de nuevo la pantalla que apuntaba la entrada de la puerta de su oficina. Al ver a los guardias y al doctor abrió la puerta. Los tres entraron a la oficina.

—Yo me encargo del doctor. Ustedes permanezcan afuera. —dijo Leonard.

Ambos guardias salieron de la oficina.

—Doctor Miranda, ¡bienvenido a la fiesta familiar! —dijo Leonard.

—Deja el cinismo. —dijo Pablo.

Leonard ocultaba por su estatura a Isamar quien se encontraba a una corta distancia detrás.

—Su nieta se encuentra justo aquí. —dijo Leonard.

Leonard se movió hacia el lado. Pablo Miranda quedó asombrado al ver frente a frente a su nieta.

—No entiendo. ¿Usted es mi abuelo? —dijo Isamar.

—Sí. Soy tu abuelo. —dijo Pablo.

Pablo Miranda trató de acercarse a la niña. La niña lo rechazó evitando que la tocara. Azul salió a proteger a la niña y le gruñó al doctor.

—Azul, ven para acá. —dijo Leonard.

Este se molestó al observar que la perra le desobedecía por primera vez. Leonard se acercó a la perra gritando varias veces: "Ven para acá. Te lo ordeno." Pablo al ver el descontrol que tenía Leonard aprovechó el instante y lo atacó a golpes. Entre ambos se enfrascaron en una pelea. Pablo logró dejar a Leonard muy golpeado en el suelo con la cara ensangrentada. Al ver que apenas podía caminar se alejó de él. Este tomó por el brazo a Isamar para escapar. La puerta de la oficina estaba cerrada pero tenía un botón que le permitía abrir la misma. Pablo presionó el botón para salir junto a su nieta. En ese justo momento, Leonard se volteó y sacó de una de las gavetas un arma de fuego. Pablo escuchó el detonador de la pistola y protegió a Isamar. La bala logró perforarle el pecho al doctor.

En esos instantes, Rose vio salir a Isamar de la oficina y notó como la bala le penetró cerca del corazón al doctor; entonces sacó su arma de fuego y le disparó al guardia que estaba junto a ella. Luego agarró a Isamar por el brazo y le disparó a Leonard. Este se ocultó debajo del escritorio para protegerse de las balas. Rose aprovechó el momento y se llevó a la niña. Azul salió despavorida detrás de ellas. Leonard presionó un botón para cerrar la puerta y evitar que se escapara Azul pero no lo logró.

Leonard comenzó a gritar en la oficina: "maldita sea". Actuaba sin control. Sus ojos estaban llenos de rabia y comenzó a dar golpes en el escritorio. Entonces recordó que el tenia las pertenencias de las rehenes y abrió unas de las gavetas del escritorio donde encontró un teléfono celular. Al presionar el botón de este vio la foto que tenía la pantalla. Era una foto de Pamela y Lucas.

Leonard tomó el teléfono y llamó a su jefe de seguridad.

—Envía unos hombres a buscar un cadáver a mi oficina. Traigan una bolsa para guardar el cadáver. Tenemos una entrega especial que realizar. No dejen salir a nadie de la hacienda. La niña y Azul se escaparon. Búsquenlas y tráiganlas. Maten a la guardia de seguridad que las acompaña. —dijo Leonard.

—Yo me voy a encargar de ellas. —dijo el jefe de seguridad.

El jefe de seguridad dio instrucciones a los otros guardias y estos salieron rápido del sitio.

En un corto tiempo, dos guardias subieron a buscar el cadáver, lo guardaron en una bolsa prevista para esto y lo subieron a un helicóptero y partieron a su destino.

Leonard buscó en las pantallas de las cámaras y observó cuando Lucas disparó a una de las cámaras. Miró de nuevo la foto del teléfono celular. Leonard llamó nuevamente al jefe de seguridad. El jefe contestó rápidamente.

—Traigan a los rehenes, la niña y azul a la zona cero. —dijo Leonard.

—Entendido. —dijo el jefe de seguridad.

El jefe de seguridad llamó a los guardias que iban en busca de los rehenes y les indicó que los llevaran a la zona cero.

Fisher continuó por el sistema de alcantarillados y se dejó llevar por algunas luces que iluminaban las tuberías. En las paredes notó algunas huellas de manos mojadas que le indicaban actividad reciente en el lugar. Este continuó con mucha cautela y observó unas pisadas, una de ellas se había hecho para matar una araña. La huella era justo del tamaño del calzado de Pamela. Fisher sonrió y comenzó a caminar más rápido.

Más adelante en el sistema de alcantarillado, Pamela, Anna y el capellán vieron una escalera que los conducía al exterior. En la parte de arriba de la escalera se encontraba una tapa en acero. Pamela se adelantó para subir por la escalera. Mientras, Anna y el capellán aguardaron. De repente, dos guardias que venían por las tuberías los tomaron por sorpresa.

—Nadie se mueva. —dijo uno de los guardias—. Apuntando con su arma.

El otro hombre se acercó y le apunto al capellán.

Pamela bajó de la escalera y se acercó a Anna. Pamela cubrió con su cuerpo a Anna colocándose frente a ella.

Al mismo tiempo, en el otro lado de la residencia, el elevador llegó al piso donde se encontraba la oficina de Leonard. Uno de los hombres que vigilaba por el pasillo vio cuando el ascensor abrió. Al ver al hombre en el ascensor este se acercó a reconocer la persona que estaba sentada con la cabeza cubierta. Cuando soltó la correa para ver quién era sintió algo que cayó detrás del cuerpo. Al ver que era una granada explosiva trató de escapar pero la granada explotó, dejándolo sin vida y destruyendo el ascensor.

El ruido fue tan fuerte que se sintió en los pisos de abajo al caer la cabina del ascensor. Lucas y Kenshi al escuchar la explosión subieron corriendo por las escaleras hasta el piso donde se ubicaba la oficina de Leonard. Al llegar a la puerta esta estaba cerrada. No había tiempo para leer códigos. Kenshi sacó una granada de su chaleco y la colocó en la puerta. En unos segundos la granada explotó y la puerta se destruyó. Ambos entraron a la oficina y no hallaron a Leonard. Lucas miró la pared donde estaban las pantallas y en una de ellas había un reloj marcando el tiempo en retroceso.

Pamela y las demás personas comenzaron a escuchar un ruido extraño y de repente salieron ratas por las paredes. Anna al ver tantas ratas comenzó a gritar y se escondió en los brazos de Pamela. El hombre que apuntaba a Pamela empezó a burlarse. Fisher escuchó los gritos. Este avanzó sin levantar sospecha y al asomarse por la esquina con cautela, observó la situación.

El hombre que estaba burlándose se volteó hacia su compañero recibió un balazo en la cabeza. El capellán aprovechó el instante y atacó al otro guardia. Fisher le disparó al otro guardia en la pierna. El capellán pudo quitarle el arma de fuego y le apuntó.

Pamela y Anna al ver a Fisher de inmediato corrieron a abrazarlo.

—¿Están bien? ¿Le hicieron algo? —preguntó Fisher—. Abrazando a ambas.

—Estamos bien. —dijo Pamela.

—¿Dónde está Isamar? —preguntó Fisher.

—Unos guardias se la llevaron. Fisher hay que encontrarla. —dijo Pamela.

—Lo vamos hacer. Pamela, tengo un recado de Lucas para ti. —dijo Fisher.

—Si. Dime. —dijo Pamela.

—Doce, veinticuatro. —dijo Fisher.

—No entiendo. —dijo Pamela.

—Me dijo que cuando te encontrara te dijera que el veinticuatro de diciembre es el día que le gustaría casarse contigo. —dijo Fisher.

—Y por qué no me lo dijo él. —dijo Pamela—. Con los ojos llorosos.

—Eso debes preguntárselo cuando salgamos de aquí. —dijo Fisher.

—Gracias. Así lo haré. —dijo Pamela.

Fisher se separó de Anna y Pamela. Este se apoderó del arma de fuego que tenía el guardia muerto en el suelo y otra que tenía este en la pierna. Acto seguido le entregó las armas a Pamela y Anna.

—¿Sabes cómo usarla? —preguntó Fisher—. Mirando a Anna.

—Sí. Ya mi tía Pamela me explicó. —dijo Anna.

Fisher se acercó al guardia que estaba herido en el piso.

—Tiene dos opciones. —apretando la herida del guardia con su mano—. Morir o decirme hacia donde llevaban a estas personas. —dijo Fisher.

El guardia gritaba del dolor. Fisher le presionaba más la herida. Al ver que el guardia no hablaba sacó su arma de fuego, la cual, sujetaba con su mano derecha y le apunto en los genitales.

—Tiene cinco segundos para hablar o te dejaré aquí desangrándose con las ratas. —dijo Fisher.

—Nos pidieron que lleváramos a los rehenes a la zona cero. —dijo el guardia.

—¿Dónde está ubicada la zona cero? —preguntó Fisher.

—Es un lugar donde solo entra el jefe de seguridad y el señor Infante. Nosotros solo llegamos hasta la puerta y dejamos los encargos frente a la puerta. —dijo el guardia.

—¿Cómo llego al lugar? —preguntó Fisher.

—Siga hacia el final de ese pasillo, continúe hacia el este por los pasillos. Son tres pasillos a la izquierda y dos a la derecha. Todos están vigilados por cámaras. No creo que puedan llegar sin ser vistos. —dijo el guardia.

El capellán continuaba apuntando al guardia. Fisher bajo el arma y la cambió para la otra mano; tomó desprevenido al guardia y lo golpeo en la cabeza dejándolo inconsciente.

—Tenemos que salir de aquí. Vamos por los pasillos contrarios. —dijo Fisher.

Fisher había elegido seguir la ruta hacia los tanques ya que buscaba salir lo más pronto del lugar. Luego de haber caminado por varios pasillos entre los túneles logró llegar cerca de la tubería principal donde se localizaban los tanques de almacenamiento de agua. Este revisó nuevamente el mapa en el aparato que tenía como pulsera en el brazo y reconoció que existía una salida a varios metros a través de una escotilla. En ese momento recordó que no había enviado el mensaje prometido a Lucas. Entonces, envió el código uno, dos, dos, cuatro por mensaje de texto al teléfono de Lucas. Luego, este

comenzó a caminar y los demás lo siguieron.

16 ZONA CERO

Marc iba camino hacia el helicóptero donde ya se encontraba Bárbara lista para partir. Una furgoneta llegó al lugar y se estacionó. De la misma salió Santiago, a toda prisa, portando un maletín. Santiago hizo señales al piloto del helicóptero y se acercó a este.

—Señor, le tengo información muy importante. —dijo Santiago.

—Luego de completar la investigación, sobre los hombres que atacaron a Pamela en la playa, descubrimos que uno de los muertos era chofer de camiones. Días antes de morir este recogió un vagón de fertilizantes que se encontraba en el puerto. Según nuestras fuentes el vagón no contenía fertilizantes sino algunas máquinas de rayos X. Verificamos el lugar donde se recogió el vagón y las cantidades de radiación eran demasiado de altas para ser máquinas de rayos X. —dijo Santiago.

—¿Dónde se encuentra ese vagón? —preguntó Marc.

—Tomamos fotos aéreas de la hacienda y ese vagón se encuentra en la hacienda. —dijo Santiago—. Mostrando las fotos a Marc.

—Santiago, tu eres experto en asuntos nucleares. Te autorizo a que entres en acción. Prepara de inmediato el equipo de apoyo. —dijo Marc.

—Señor, me tomé la libertad de activar al equipo tan pronto recibí la información. Ya van de camino. Espero que no se moleste por mi decisión. —dijo Santiago.

—Creo que ya Lucas tiene a su reemplazo listo. Espero que me de buenas noticias. —dijo Marc.

Santiago caminó hacia la camioneta y dio órdenes al chofer que lo llevara al próximo hangar. En el hangar dentro del helicóptero estaban esperando el piloto y el copiloto. En uno de los asientos se hallaban unas mochilas conteniendo herramientas especializadas, medicamentos y una computadora. Santiago verificó todo, se sentó en la silla, se colocó el cinturón y le indicó al piloto que partieran.

A pocos minutos que se cumpliera el plazo que había pedido Leonard Infante, el tráfico sobre el puente había sido desviado para evitar movimientos de coches a través del mismo. Marc y Bárbara aguardaban dentro de uno de las camionetas esperando que Leonard se comunicara. Unos agentes de seguridad navegaban en unos botes haciéndose pasar por pescadores. Los cajeros de las casetas del peaje habían sido reemplazados por agentes encubiertos.

De repente, Bárbara recibió un mensaje de texto que le indicaba que fuera hasta la estación del teléfono número catorce. Bárbara le enseño el mensaje a Marc.

—Yo le acompaño hasta el teléfono. —dijo Marc.

Los dos bajaron de la camioneta y se dirigieron hasta el teléfono. De repente se activó el audio del teléfono y se escuchó una voz que decía: "una vez dije que me vengaría de quienes me hicieron daño. Yo siempre cumplo mi palabra". Entonces se escuchó un helicóptero acercarse. Bárbara y Marc se dieron vuelta para ver el helicóptero. Marc le quitó el teléfono celular a Bárbara y trató de llamar al número de teléfono dónde provenía el mensaje de texto. Nadie contestaba. El helicóptero sobrevoló el puente y a pocos metros unos hombres desde el mismo helicóptero lanzaron una bolsa negra para cadáveres. Marc dio la orden de sacar de inmediato la bolsa negra del agua. Bárbara se encontraba desesperada y gritaba sin consuelo. Ella pensaba que podía ser el cuerpo de su hija. En el ínterin, un agente se acercó a ella y trataba de controlarla. Cuando lograron abrir la bolsa encontraron el cuerpo del doctor Pablo Miranda.

Mientras tanto, algunos agentes vigilaban en el exterior de la mansión de Alba Miranda y otros la acompañaban dentro de la casa. Alba recibió una llamada telefónica. Esta contestó la llamada ya que todos los teléfonos estaban intervenidos.

—¡Hola Leonard! —dijo Alba.

—Sé que estas rodeadas de agentes del Servicio Secreto. Lo sé por qué uno de los guardias que trabaja para mí no se ha reportado. —dijo Leonard.

—¿Leonard que está pasando? —dijo Alba.

—En las noticias darán a conocer el paradero de tu padre. —dijo Leonard.

—Por nuestra hija, júrame que no le hiciste nada. —dijo Alba.

—A nuestra hija no la menciones. —dijo Leonard.

—¡Por favor! ¿Dónde está mi padre? —dijo Alba.

—Solo puedo decirte que él me atacó a golpes y yo me defendí. Recibió lo que se merecía. —dijo Leonard.

—Leonard, no lo hagas. —dijo Alba.

—Ya es tarde. Ya no sabrás más de mí. —dijo Leonard—. Finalizó la llamada.

En esos instantes, uno de los agentes recibió una llamada directa de Marc. Este le entregó el teléfono celular a Alba.

—Alba, lamento decirle que su padre está muerto. Recibió una bala en el corazón. Una ambulancia lo llevará al forense como parte del protocolo. Lo lamento mucho. —dijo Marc.

—Yo sé quién lo mató. Leonard me lo acaba de confesar. —dijo Alba—. Entre sollozos y lágrimas.

—¿Le dijo algo más? —preguntó Marc.

—No. Se despidió diciendo que no lo vería nunca más. —dijo Alba.

—¿Usted sabía que él tenía una hacienda? —preguntó Marc.

—No. Pero si sé que varias veces llevó a nuestra hija a una hacienda llamada El Pitirre a comprar flores. Nada más. —dijo Alba.

—Mientras se aclara el caso nuestros hombres la protegerán. Gracias por la información. Me comunicaré con usted si necesitamos alguna información adicional. —dijo Marc.

Marc terminó la llamada. Alba lloraba desconsolada pensando en la muerte de su padre y en el monstruo que se había convertido Leonard.

En la hacienda, Rose, Isamar y Azul habían logrado bajar varios pisos hasta llegar al estacionamiento donde se encontraban unos vehículos y algunos automóviles de lujo. Azul era una perrita entrenada que se mantenía al lado de Isamar sin emitir ladridos. Rose se aseguró que el lugar estuviera seguro. Posteriormente, esta con cuidado miró por una de las ventanas para cerciorase que el camino estaba libre. A la distancia se veía la caseta de salida. En ella aguardaban unos guardias de seguridad. Rose envió un mensaje de texto a través de su teléfono celular a Lucas indicando donde estaba ubicada. Lucas le respondió de igual manera indicando en su mensaje: "Confirmado. Espera la señal".

Rose tomó la llave que se encontraba en el retrovisor de uno de los automóviles blindados. Esta sujetó de la mano a Isamar, sin dejar de mirar en los alrededores y la subió al vehículo. Azul subió junto a ella. Rose encendió el automóvil y esperó la señal.

Lucas observó desde unas de las ventanas en donde se hallaba la caseta de entrada a la hacienda y sus alrededores. Entonces, llamó a Marc y le indicó que dispararan a la caseta del guardia para que Rose e Isamar pudieran escapar.

Marc llamó a uno de los agentes que se ubicaba cerca del lugar preparando el equipo para entrar en la hacienda. El agente observó el lugar haciendo uso de binoculares. Este dio la señal y comenzaron los disparos.

Al mismo tiempo, el jefe de seguridad llegó junto a otros hombres al garaje y vieron a Rose que se preparaba para partir. Rose abrió la puerta del garaje. El jefe de seguridad les indicó a los guardias que no dejaran salir el automóvil. Estos, de inmediato, se colocaron en sus puestos para atacar. Rose al escuchar los disparos partió del lugar. Algunos hombres en el exterior dispararon al automóvil sin poder hacerles daño. El automóvil salió a toda prisa y a su paso le pegó a las rejas del portón de seguridad. Los hombres que se ubicaban en la caseta fueron eliminados por los agentes de seguridad que estaban bajo las órdenes de Marc.

En un lugar oculto debajo de la residencia se encontraba la zona cero. En ese lugar se podía observar monitores que cubrían las paredes, algunos cables en el piso, varias computadoras, servidores de datos, entre otros equipos de alta tecnología. En una de las pantallas se podía ver un edificio donde se estaba celebrando un concierto con mucha multitud, en otra pantalla el parque de pelota repleto de personas viendo el último juego de pelota de la temporada y entre otras un cuarto donde había una mesa y sobre ella una computadora conectada a un dispositivo nuclear de alto alcance.

Detrás de una de las paredes de la oficina de Leonard existía un pasadizo secreto por donde Leonard escapó para llegar a la zona cero. En el lugar, Leonard se mantuvo sentado mirando la pantalla de uno de los monitores donde se veía como Rose e Isamar lograban escapar de la hacienda. Al ver que lo lograron, rabioso golpeó uno de los monitores y se quedó pensativo por unos segundos. Momento seguido fue hacia otra computadora, marco unos códigos para comunicarse vía video con el teléfono del jefe de seguridad. El jefe al ver la llamada activó la aplicación vía video y le respondió.

—No olvido que también fallaste en el atentado contra el jefe del Servicio Secreto en el hotel. Esta es tu última oportunidad y si una vez más fallas yo mismo me voy a encargar de matarte. —dijo Leonard.

—Señor, no le voy a fallar. —dijo el jefe de seguridad.

—Aunque no te lo mereces voy a darte un nuevo encargo. Tienes que eliminar a los dos hombres que se encuentran en mi oficina. Te voy a duplicar el acuerdo económico que tenemos. Si cumples recibirás los millones que te prometí. —dijo Leonard—. Observando otra pantalla que mostraba los visuales de su oficina.

—No le fallaré. —dijo el jefe de seguridad.

El jefe de seguridad le indicó a dos de sus hombres que vigilaran el estacionamiento y que no dejaran a nadie subir a la residencia. Que tuvieran las camionetas listas para escapar tan pronto el regresara de la encomienda que le dio su patrón. Los hombres se mantuvieron vigilantes en lo regresaba el jefe de seguridad.

A través de una de las cámaras de seguridad Leonard se mantenía observando las cuatro personas que estaban tratando de escapar. Este identificó de inmediato a Pamela. Con una sonrisa malévola oprimió uno de los botones de su computadora para que una compuerta se cerrara en la parte trasera del pasillo donde se situaban todos ellos. Cuando la compuerta cerro, por medio de varias tuberías, comenzó a salir mucha presión de agua y a llenarse el espacio donde se encontraban ellos. Una de las pantallas de la oficina de Leonard se prendió. Lucas vio lo que estaba sucediendo. Este comenzó a buscar desesperadamente en las paredes el pasadizo secreto por donde sospechaba que había escapado Leonard. El teléfono celular de Lucas vibró al recibir el mensaje que le envió Fisher. En ese momento, Lucas ignoró que había recibido un mensaje.

—Kenshi allí hay una computadora que controla las utilidades. —señala la computadora—. Bloquea el paso de agua de las válvulas de las tuberías. Yo me encargo de Leonard. —dijo Lucas.

Lucas logró alcanzar una pared falsa. Acto seguido buscó entre las molduras y al oprimir una de estas consiguió un acceso hacia el pasadizo. Rápido sacó su arma de fuego y entró al mismo.

A la misma vez, Kenshi se encontraba reprogramando el sistema que controlaba el acceso del agua por las tuberías. Mientras tanto, el jefe de seguridad logró acercarse por el pasillo que lo condujo a la oficina de Leonard. Este se acercó a la puerta y vio a Kenshi de espaldas. Además, observó uno de los monitores de pared que mostraba un lugar repleto de agua y los rehenes tratando de nadar para sostenerse en la superficie. Un hombre buscaba desesperadamente algo que les ayudara a salir. El espacio donde se encontraban no tenía una escotilla ni otra salida de escape cercana.

Kenshi continuaba reprogramando las utilidades hasta que logró detener el flujo de agua. Aprovechando el momento, el jefe de seguridad entró muy cauteloso a la oficina con su arma de fuego. Kenshi notó el reflejo de la silueta en la pantalla y en un rápido reflejo se bajó. La bala que disparó el jefe de seguridad le pasó cerca de la cabeza. Kenshi sacó su arma de fuego y le disparó en dos ocasiones atinando al estómago y al pulmón del hombre. El segundo disparo que realizó el jefe de seguridad no logró alcanzar a Kenshi. Entonces, el jefe de seguridad cayó al suelo. Kenshi se acercó, le quitó el arma y revisó si continuaba vivo. El hombre botaba sangre por la boca. Este apenas podía respirar. Acto seguido, Kenshi sacó una cinta adhesiva de su mochila. Le rodeo las manos y los pies con la cinta para inmovilizarlo. Después, se aseguró que se apagaran las bombas de agua y se abrieran unas válvulas para sacar el agua donde se encontraban Anna y los demás. A continuación llamó a Marc para que enviaran unos agentes cerca del lugar para rescatar a los rehenes. Marc de inmediato dio la orden.

Lucas continuaba atravesando el pasadizo con mucha precaución. Al llegar al final, encontró donde se hallaba Leonard. Al observar que estaba marcando unos comandos en una de la computadora este entró al lugar y le apuntó a Leonard con su arma de fuego.

—Se acabó tu juego. —dijo Lucas.

Leonard subió las manos lentamente, giró hacia Lucas manteniéndose sentado en la silla. Entre ellos había algunas mesas y sobre ellas unas computadoras. Lucas caminó hacia él manteniendo una distancia.

—Bienvenido a la zona cero. El juego acaba de comenzar. —dijo Leonard.

En los monitores de la pared aparecieron por separado las palabras en inglés: "eeny", "meeny", "miny" y "moe". Las palabras aparecieron en secuencias seguidas de visuales perturbadores. Estos visuales mostraban lugares conteniendo bombas y sus relojes detonaban en tiempos consecutivos. Estaban en peligro miles de personas. Las bombas habían sido escondidas en el parque de pelota de la capital donde se celebraba el último juego de la temporada, en un concierto, en un hospital y en el lugar donde se encontraban ambos. La puerta por donde entró Lucas se cerró automáticamente. Un gas comenzó a salir por los conductos de aire. Otra puerta que se hallaba al final se abrió mostrando otro cuarto donde se localizaba la mesa y la bomba.

—No tienes escapatoria. —dijo Lucas.

—Eso veremos. —dijo Leonard.

Lucas comenzó a toser, la visión se tornaba borrosa y lagrimaba mucho. Leonard aprovechó el momento y empujó con ambas piernas una mesa que se situaba entre ellos. Leonard sacó una pastilla y se la puso en la boca. Lucas trató de protegerse, tropezó con unos cables en el piso y dejó caer el arma. De súbito, Leonard brincó sobre la mesa para atacar a Lucas. Ambos se enfrascaron a golpes. Entretanto, el gas continuaba saliendo del conducto. Entre los golpes ambos lograron acercarse al arma que se hallaba en el piso. En un esfuerzo Leonard alcanzó el arma de fuego. Lucas trató de quitársela. En el forcejeo hubo una detonación del arma pero la bala llegó al techo. Lucas golpeó el brazo de Leonard contra la pared y el arma cayó de nuevo al piso. Leonard le dio un golpe a Lucas en el estómago. Este aguantó el golpe. Mientras los tiempos en las pantallas de los relojes de las bombas continuaban reduciéndose su conteo. Lucas se sentía débil debido a los síntomas que le provocaba el gas. Dado a eso, este en un esfuerzo lanzó un fuerte golpe en las costillas a Leonard y otro en la cara. Este aprovecho la circunstancia y continuó golpeándolo hasta dejarlo inmóvil.

Al mismo tiempo, Kenshi al observar lo que pasaba en la zona cero comenzó a buscar la manera de desactivar los rociadores de gases. El sistema estaba diseñado en un lenguaje nuevo que Kenshi no dominaba aún. Este intentó varias veces hasta que logró reprogramar el sistema para abrir la puerta. Luego, entró por el pasadizo y se dirigió hacia la zona cero.

Al otro lado, Fisher logró llegar a la escotilla que les permitiría salir del lugar. Subió por la escalera y la abrió. Este se aseguró que no había peligro antes de salir. Le hizo señales a Pamela para que saliera seguido por los otros. Estando afuera, se ocultaron detrás de una camioneta. Fisher escuchó un helicóptero, después vio unos agentes del Servicio Secreto que se acercaban y otros en algunos techos que protegían el lugar. De inmediato, una camioneta llegó y los recogió para sacarlos del lugar. En cuestión de minutos ya estaban fuera. Dentro de la camioneta, Pamela se sintió un poco mareada.

—¿Tía, te sientes bien? —preguntó Anna.

—No te preocupes, se me pasará. —dijo Pamela.

—Son muchas emociones. Necesitas descansar. —dijo Fisher.

—No voy a descansar hasta ver a Lucas. —dijo Pamela.

—Lo vamos a esperar. Estas muy pálida. —dijo Fisher.

Un agente dentro de la camioneta le ofreció una botella de agua. Pamela la tomó. Minutos después llegaron a un punto de encuentro donde se hallaba Rose e Isamar. Al bajar de la camioneta, Pamela y Anna caminaron hacia ellas. Todos se confundieron en un fuerte abrazo. También, Azul se acercó a ellas. En el ínterin, Rose fue a saludar a Fisher. Fisher le respondió el saludo y luego fue hacia Isamar.

—No sabes la alegría que me da saber que estas bien. Te dije y te repito. La esperanza termina... —dijo Fisher.

—...cuando dejas de creer. —dijo Isamar.

Fisher abrazó a Isamar y le dio un beso en la cabeza.

—Rose me rescató y a la perrita. —dijo Isamar.

—Gracias Rose. —dijo Fisher.

—Era mi deber. —miró a Isamar y luego a los cuatro hombres esposados, sentados en el piso, que estaban siendo custodiados por otros agentes—. Bueno, regreso en un momento. Quiero examinar los ojos de aquellos hombres. —dijo Rose.

—Adelante. —dijo Fisher.

La perrita se mantuvo cerca de Pamela. Pamela le acaricio la cabeza y vio en el collar una medalla con unos datos. Esta leyó la medalla y estaba identificada como un animal de servicio, con un número de teléfono y su nombre.

—¡Qué hermosa eres! Ahora sé que te llamas Azul. —dijo Pamela.

Anna se acercó y comenzó a acariciar la perrita.

—¿Tía, que vamos hacer ahora? Kenshi y Lucas aún siguen allá. —dijo Anna.

—Hay que confiar en ellos y saber esperar. —dijo Pamela—. Miró lo que hacía Rose.

En la zona cero, Kenshi caminó hasta un panel de controles que se ubicaba en el pasillo y desactivo los rociadores de gases que salían por el conducto de aire. Después, este entró al lugar y ayudó a Lucas a salir para tomar un poco de aire fresco. Seguido regresó por Leonard. Antes de moverlo, este le ató las manos y los pies.

—Tenemos que desactivar las cuatro bombas. Ve por las mochilas. Yo vigilo a Leonard. —dijo Lucas.

Kenshi salió a buscar las mochilas que habían dejado en la oficina de Leonard. En ese instante, Santiago llegó hasta la oficina. Vio los monitores y al hombre en el piso. Santiago escuchó un ruido y se escondió en el pasillo detrás de la puerta de entrada. Kenshi salió del pasadizo miró al hombre en el piso, miró uno de los monitores, se sonrió y se dobló para agarrar las mochilas. Santiago al ver que era Kenshi entró a la oficina.

—Debes ser más precavido. —dijo Santiago—. Con un arma de fuego en la mano.

—Ya te identifique mediante ese monitor. —apuntando con una de las manos hacia una de los monitores—. Tardaste demasiado. —dijo Kenshi.

—¿Dónde está Lucas? —preguntó Santiago.

—Esta al final del pasadizo. Tenemos que desactivar cuatro bombas. ¡Qué bueno que estas aquí! —exclamó Kenshi.

—Para eso fui enviado aquí. Mis sospechas ahora se confirman. —dijo Santiago.

—Sígueme. —dijo Kenshi.

Ambos bajaron por el pasadizo hasta llegar donde se situaba Lucas. Unos extractores de aire habían sacado los gases del lugar. Este podía respirar mejor.

—¿Están a salvo Pamela y los demás? —preguntó Lucas.

—Sí. Todos están a salvo. —dijo Keshi.

En ese momento recordó que había recibido un mensaje en su teléfono. Este sacó el teléfono, leyó el mensaje y sonrió. Luego, se comunicó con Marc.

—¿Tienen a Leonard? —preguntó Marc.

—Lo tenemos pero eso no es problema ahora. —dijo Lucas—. Observando a Leonard en el suelo

—Hay cuatro bombas. Te voy a enviar la localización de ellas para que desalojen los lugares. La de más alcance la tenemos aquí en la hacienda. —dijo Lucas.

—¿Qué necesitas? —preguntó Marc.

—Necesito a Santiago aquí. —dijo Lucas.

Santiago estaba cerca, escuchó su nombre y le respondió a Lucas.

—Aquí estoy. —dijo Santiago.

Lucas levantó la cabeza, vio a Kenshi y a Santiago.

—También, deben sacar de inmediato a Pamela, Anna e Isamar de aquí. Tienen que llevarlas lejos de este lugar. —dijo Lucas.

—Así lo haremos. ¿Algo más? —dijo Marc.

—No. —dijo Lucas.

—¡Suerte, hermano! —dijo Marc.

Lucas envió a Marc los lugares donde estaban localizadas las bombas. Este dio órdenes de sacar a las personas urgentemente de los lugares mencionados en el mensaje y que se aseguraran de poner a Pamela y a las demás a salvo.

—Kenshi revisa los ojos de Leonard. Santiago, ve y analiza la bomba que está en el otro cuarto. —dijo Lucas.

Kenshi bajó la mochila de su espalada, sacó las gafas y revisó los ojos de Leonard. Lucas sacó de una de las mochilas un decodificador. Fue a la computadora que utilizó Leonard y le instaló el aparato.

—Encontré dos códigos en sus ojos. —dijo Kenshi.

—Dame los números. —dijo Lucas.

Kenshi le enseñó los números y Lucas los entró en la computadora. Solo sirvió uno de los códigos. La bomba del hospital paró el conteo y apareció la palabra inactivo en la pantalla.

—Aún nos quedan tres más. —dijo Lucas.

—Tenemos poco tiempo para decodificar las tres bombas. —dijo Kenshi mirando los monitores en las paredes.

—¿Revisaron a los guardias? —dijo Lucas.

—Hay uno en la oficina. Voy a revisar sus ojos. —dijo Kenshi.

Kenshi salió de prisa hasta la oficina. Le revisó los ojos al hombre y dio positivo. El hombre tenía dos códigos en los ojos. Kenshi se comunicó con Lucas de nuevo, este entró ambos códigos y la bomba en el parque de pelota paró el conteo. La pantalla cambio a inactivo.

Santiago salió del cuarto y se dirigió a donde Lucas.

—Lucas esta bomba se desactiva con tres códigos. —dijo Santiago.

—¿Puedes desarmarla sin los códigos? —preguntó Lucas.

—Conozco este tipo de bomba. Va a tomar tiempo y dependerá de cómo esté conectada por dentro. —dijo Santiago.

Leonard despertó y vio los monitores. Vio que había dos de las bombas desactivadas. Trató de soltarse y no pudo.

—No van a lograr nada. "Eeny", "meeny", "miny" y "moe". –dijo Leonard.

Lucas miró los monitores y vio a los guardias que estaban en el garaje. Este se comunicó con Rose.

—Rose hay una bomba de alto alcance en donde estamos. Tienen que alejarse lo más que puedan del lugar. —dijo Lucas.

—Entendido. —dijo Rose.

—Por favor, comunícame con Pamela. —dijo Lucas.

Rose caminó y le entregó su teléfono a Pamela. Rose mostró un semblante serio.

—¡Hola! —dijo Pamela.

—Mi amor. Gracias por hacerme el hombre más feliz de la tierra. —dijo Lucas.

—¿Qué está pasando? A mí no me engañas. —dijo Pamela—. Al escuchar el tono de voz y ver el gesto en la cara de Rose.

—Quedan dos bombas por desactivar. Una de ella está en las facilidades donde habrá un concierto, cerca de la zona bancaria de la capital y la otra está en la hacienda. —dijo Lucas.

—Debe haber una clave. Algo que los ayude. —dijo Pamela.

—Ya revisamos a Leonard y uno de sus hombres. Los códigos en sus ojos nos ayudaron a desactivar otras bombas pero aún nos falta otros códigos. Estamos con unos decodificadores tratando de detener los relojes. —dijo Lucas.

—Mi amor sal de ahí, por favor. Te necesito conmigo. —dijo Pamela con lágrimas en los ojos.

—Te amo. —dijo Lucas—. Escuchando a Pamela llorar.

—Yo también. —dijo Pamela.

—Tengo que colgar. —dijo Lucas—. Este finalizó la llamada.

Se escuchaba a Leonard riendo y burlándose como un desequilibrado. Este repetía varias veces: "eeny", "meeny", "miny" y "moe".

Lucas se levantó y golpeó en la cara a Leonard. Leonard botó sangre por la boca y escupió un diente. Este miró los tatuajes en los brazos de Leonard. Había varios números escritos en sus tatuajes.

—Kenshi entra los números que te voy a dictar en el sistema. —dijo Lucas.

Lucas comenzó a leer los números de los tatuajes. Luego, de varios intentos coincidió uno de los números y la tercera bomba se desactivó. Aún quedaba la bomba dentro de la hacienda. Santiago continuaba tratando de desarmar la bomba.

—Lo que buscas no lo tengo yo. —dijo Leonard.

Lucas continuaba inspeccionando el cuerpo de Leonard. Al verificar la cabeza vio que tenía tatuado unos números.

—Kenshi ve con Santiago e intenta todos los códigos y los que te voy a decir ahora. —dijo Lucas.

—No lo vas a lograr. —dijo Leonard—. Con una risa burlona.

Lucas escuchó unos pasos y sacó su arma de fuego. Cuando ve a la persona que se acercaba bajó el arma.

—¿Qué haces aquí? —preguntó Lucas.

—Vine ayudar. —dijo Fisher.

—Revisamos a los hombres que estaban en la hacienda. Estos son los códigos de algunos de ellos. Dos guardias que estaban abajo acaban de ser eliminados. Aquí están los códigos de ellos. —dijo Fisher.

—Entrégaselos a Kenshi. Esta con Santiago en el otro cuarto. —dijo Lucas.

—Todo esto es reflejo de tu mediocridad. No eres ni la sombra de lo que aparentas ser. —dijo Leonard.

—Usted es ingeniero. Recuerde que todos los crímenes son errores de cálculo. —dijo Lucas.

—Te queda menos tiempo. —dijo Leonard—. Este lo miraba con rabia.

Kenshi entró los códigos que trajo Fisher pero ninguno desactivo la bomba.

Lucas recordó que había leído en el expediente psiquiátrico de Leonard Infante que era amante de las cámaras fotográficas.

—Fisher vigila a Leonard. —dijo Lucas.

Lucas caminó hasta donde estaban Kenshi y Santiago. Miró los códigos que le habían leído en los ojos a Leonard y los entró al revés. Ambos códigos desactivaron dos de los tres códigos que requería la programación de la bomba. Solo faltaba un código.

Lucas regresó hasta donde estaba Leonard.

—Te quedan menos minutos y aún te falta "moe". —dijo Leonard.

—Un helicóptero nos aguarda en el techo del edificio. Tenemos que salir de aquí. —dijo Fisher.

—Salgan ustedes, yo me quedo con Leonard. —dijo Lucas.

Kenshi y Santiago se negaron a salir.

—Vamos. Salgamos. —dijo Fisher.

—Es una orden. —dijo Lucas—. Habló con autoridad.

Kenshi acató la orden pero antes de salir le dio un abrazo a Lucas. Santiago y Fisher le dieron la mano como despedida. Fisher, Santiago y Kenshi salieron rápido del lugar. En unos cuantos minutos habían logrado subir al helicóptero. La aeronave despegó a toda prisa.

Mientras que, Rose y los demás lograron alejarse varios kilómetros. Pamela estaba desesperada con los ojos llenos de lágrimas y mirando en su mano la sortija de compromiso. Azul se encontraba cerca de ella. Pamela notó algo extraño en sus ojos. Esta se acercó un poco más para mirarle los ojos. Notó una cicatriz.

—Creo que padezco de paranoia. —dijo Pamela.

—¿A qué te refieres? —preguntó Rose.

—¿En dónde encontraron esta perrita? —dijo Pamela.

—Salió de la oficina de Leonard Infante. —dijo Rose.

—¡Claro! Esta perrita es un animal de servicio y pertenecía a Cielo Infante. Lo leí en su medalla. —dijo Pamela.

—Yo también la leí. ¿Qué descubriste? —dijo Rose.

—Mientras esperábamos por el helicóptero noté que estabas verificando los ojos de algunos empleados de la hacienda. ¿Me puedes prestar las gafas? La perrita tiene los ojos operados y quiero examinarlos. —dijo Pamela.

Rose le dio las gafas a Pamela y esta revisó los ojos de la perrita. Con las gafas notó que contenían sus ojos unos códigos.

—Rose, comunícame con Lucas. —dijo Pamela.

Rose sacó su teléfono y trató de comunicarse con Lucas.

En la zona cero, la pantalla de la última bomba marcaba pocos minutos. Lucas se hallaba muy concentrado intentando entrar varios códigos a la pantalla de la bomba pero ninguno desactivaba la misma.

Entonces, Leonard logró soltarse de las ataduras y silenciosamente fue acercándose a Lucas. De repente el teléfono sonó y Lucas trató de tomar la llamada. Al mismo tiempo, Leonard lo atacó. El teléfono fue a parar al piso, solo se escuchaba la voz de Rose intentando comunicarse. Entretanto, Lucas y Leonard se entraban a golpes. En el forcejeo Leonard dio contra unas de las mesas, resbaló y llegó al suelo. Las herramientas que se hallaban sobre la mesa, procedentes de la mochila de Santiago, se desplazaron por todo el piso. Lucas tomó a Leonard por la espalda para levantarlo y golpearlo en la cara. En ese instante, Leonard logró alcanzar una de las herramientas, se dio vuelta y le pegó con ella. Lucas perdió el balance y cayó al piso. Leonard trató de agredirlo de nuevo. Al tratar de golpearlo con la herramienta, Lucas rodó y la herramienta golpeó el piso. A la misma vez, Lucas tomó un destornillador de punta larga del piso, se levantó y pudo enterrárselo a Leonard por las costillas. Leonard trató de quitarse el destornillador, Lucas aprovecho el momento y le lanzó un puño en la cara seguido de otro más fuerte. Este cayó al suelo. Luego, Lucas tomó un cable y se lo amarró por el cuello. Este apretó el cable hasta dejarlo sin vida.

Entonces, Lucas buscó su teléfono, vio varias llamadas perdidas de Rose. De inmediato, este le devolvió la llamada entretanto se acercaba a la pantalla que continuaba marcando el tiempo en retroceso.

El teléfono de Rose sonó. Rose al ver que era Lucas le entregó el teléfono a Pamela.

—Por fin, mi amor. —dijo Pamela.

—Mi amor el tiempo se acaba. —dijo Lucas.

—Isamar trajo una perrita que le pertenecía a Cielo Infante. La perrita tiene unos códigos en los ojos. —dijo Pamela.

Lucas miró a la pantalla y quedaba menos de un minuto. Su teléfono comenzaba a quedarse sin batería.

—¿Cuáles son los números? —dijo Lucas.

Pamela le dictó el primer número.

—No desactivó. Dame el otro número. —dijo Lucas.

Esta le dictó el segundo código. Lucas lo marcó en la pantalla quedando cinco segundos. La bomba se desactivo. El teléfono de Lucas se apagó. Ella al perder la comunicación trató de comunicarse nuevamente pero la llamada no prosperó.

Pamela le devolvió el teléfono a Rose. Esta tomó el teléfono y lo guardó en su chaleco. Pamela comenzó a llorar. Rose se colocó los auriculares.

Predominaba el silencio en la aeronave. Solo se escuchaba el ruido del helicóptero.

Pamela levantó la mirada esperando ver alguna señal que le indicara una explosión. A la distancia no se vio nada. Esta esperó unos pocos minutos y reaccionó. En aquel instante, Pamela le puso la mano en el hombro a Rose. Esta se quitó los auriculares.

—Rose, hay que regresar. —dijo Pamela.

Rose sonrió y subió el volumen de la radio del helicóptero. Por la radio se escuchaba a Fisher notificando que no hubo explosión. Que regresaban al punto de partida a buscar a Lucas. Pamela sonrió y lloró de la felicidad. Anna e Isamar estaban felices por la noticia. Anna abrazó a Pamela.

—Eres la mejor perrita del mundo. —dijo Isamar—. Entretanto abrazaba a la perrita.

17 CEREMONIA

El helicóptero donde viajaban Fisher y los demás había regresado y aterrizado en la hacienda. Minutos después, Fisher, Kenshi y Santiago saludaron a su amigo y luego se dispersaron por la hacienda. Santiago y otros agentes se encargaron de inspeccionar las áreas. Mientras, Fisher se mantuvo esperando la llegada del helicóptero donde viajaba Pamela y los demás.

Después de asegurarse que el lugar estaba seguro, Lucas se comunicó con Marc para darle los detalles de lo que había ocurrido luego de su última conversación.

—Hermano, no sabes lo agradecido que estoy con Dios por saber que estas bien y con vida. —dijo Marc.

—Esta misión fue una de las más difíciles que hemos tenido. Cada vez salen nuevas tecnologías más complicadas al mercado. La agencia se enfrenta a nuevos retos cada día. —dijo Lucas.

—Lucas, me gustaría recomendarte como instructor en la academia. —dijo Marc.

—Marc, lo que deseo son unas largas vacaciones, lejos de todo esto junto a mi futura esposa. —dijo Lucas.

—¿Y cuándo será la boda? —preguntó Marc.

—Pronto. —dijo Lucas.

—Tu primera boda me la perdí. Esta no me la pierdo por nada. —dijo Marc.

Lucas escuchó el ruido de un helicóptero a la distancia.

—Marc, por ahí está llegando la mujer de mi vida. —dijo Lucas.

—Tranquilo. Ya te entendí. —dijo Marc—. Culminando la llamada.

El helicóptero aterrizó a unos metros cerca donde se hallaba Lucas. Al apagarse los motores, Lucas se acercó. Pamela se quitó el cinturón y Lucas la ayudó a bajar. Ambos se confundieron en un abrazo. Anna ayudó a Isamar a bajar. Kenshi fue a su encuentro. Entretanto, Rose se encargó de bajar Azul del aparato. En ese instante tan especial, Lucas y Pamela se dieron un apasionado beso.

—Mi amor, ya todo acabó. Lo único que deseo es estar contigo a solas. —dijo Lucas.

—Mi amor, estas todo golpeado. —dijo Pamela—. Contemplando el rostro de Lucas.

—Contigo el dolor no existe. —dijo Lucas.

—Te amo. —dijo Pamela.

—Y yo a ti. —dijo Lucas—. Abrazando a Pamela.

Anna al ver a Kenshi lo abrazó. Isamar se mantuvo al lado de Rose y de Azul.

—Fuiste muy valiente. Estoy orgulloso de ti. —dijo Kenshi.

—No quiero saber más de arañas ni de locos. —dijo Anna.

—Las cosas van a cambiar. Pedí un traslado a otra división porque quiero tener una relación estable contigo. —dijo Kenshi.

—¿Lo dices en serio? —dijo Anna.

—Muy en serio. —dijo Kenshi.

Ambos aprovecharon el momento y se besaron.

Justo en ese momento, una camioneta llegó al lugar. Esta se estacionó a una corta distancia. La puerta de la camioneta se abrió y bajó del vehículo Bárbara. Isamar al ver a su madre salió corriendo a su encuentro. Ambas se abrazaron fuertemente. No paraban de llorar de felicidad.

Un mes después, en una iglesia de la capital se encontraban reunidos los familiares y amigos de Pamela y Lucas. El atardecer se destacaba por la brisa fresca y un sol resplandeciente. Los arreglos florales que rodeaban el altar estaban confeccionados con rosas de varios colores que hacían combinaciones con los trajes de las damas. Los bancos de la iglesia poseían adornos diseñados con telas blancas. Un grupo de violinistas tocaba melodías hermosas para recibir a los invitados.

Pasados unos minutos, llegó la limosina que transportaba a la novia. Pamela salió de la limosina acompañada de Fisher. Anna se hallaba en la entrada de la iglesia vestida de dama portando los anillos e Isamar cargaba las flores.

—¿Estas lista? —dijo Fisher.

—Sí. —dijo Pamela.

—Pues vamos. —dijo Fisher.

Pamela estaba radiante. Había seleccionado un hermoso traje blanco entallado a su cuerpo. Sus hombros estaban cubiertos por su pelo largo y algunos risos. Al llegar la novia y Fisher a las escaleras de la iglesia, Anna e Isamar comenzaron a desfilar hacia el altar. Fisher se sentía muy orgulloso acompañando a Pamela. La novia no paraba de sonreír.

En el altar el sacerdote se encontraba junto al capellán. Lucas esperaba acompañado de Marc y la tía Margaret. En unos minutos, Anna e Isamar se ubicaron en el altar mientras Fisher se acercaba a entregar a la novia.

—Les deseo la mayor felicidad a ambos. —dijo Fisher.

—Gracias. —dijo Lucas—. Mientras sujetaba de la mano a la novia.

—Estas hermosa. —dijo Lucas.

—Te amo. —dijo Pamela—. Sonriendo.

El sacerdote y el capellán dieron inicio a la ceremonia. Al completarse el acto religioso fueron declarados marido y mujer. Los nuevos esposos se unieron en un hermoso beso y los invitados aplaudieron.

Terminada la ceremonia religiosa se trasladaron a celebrar la fiesta en un prestigioso hotel de la zona. Como de costumbre, hubo fotos familiares, el baile de recién casados y comida y bebida para agasajar a los invitados. Repartido el bizcocho de bodas Lucas le habló al oído a Pamela.

Transcurridos unos minutos se escaparon de la fiesta. Los nuevos esposos subieron acaramelados a la habitación que tenían reservada en el hotel.

Lucas abrió la puerta de la habitación y cargó entre sus brazos a Pamela. La alcoba estaba adornada con flores, por el balcón se escuchaba el mar y se observaba la luna llena. Lucas bajó a Pamela de sus brazos y comenzó a besarla por el cuello. Ambos se besaron apasionadamente. Lucas fue quitándole poco a poco el vestido a Pamela. Esta le desabotonó su camisa. En breve minutos, ambos rozaban sus cuerpos desnudos. En un momento de pasión, Lucas trepó a Pamela en su cintura y la llevó a la cama. Allí este la besó y la acarició por la cintura. Ella lo acariciaba con sus manos por el cabello y luego le rozaba sus dedos con fuerza por la espalda. Como era de esperarse en su noche de bodas ambos cumplieron sus deseos más íntimos.

A la mañana siguiente, el cielo y el mar adornaban el ambiente con su habitual belleza. Un rayo de luz despertó a Lucas. Pamela al sentir a su esposo despertar se acomodó entre sus brazos. Lucas extendió uno de sus brazos y sacó un sobre rojo de la mesa de noche.

—Te tengo una sorpresa. —dijo Lucas.

—Yo también te tengo una sorpresa. —dijo Pamela.

Pamela se levantó de la cama. Esta buscó en su bolso un sobre azul y se regresó a la cama.

—Hagamos una cosa. Vamos abrirlos a la misma vez. —dijo Lucas.

—De acuerdo. —dijo Pamela.

Lucas le dio el sobre a Pamela y esta le entregó el que tenía para él. Ambos se sonrieron como niños.

—A la cuenta de tres. —dijo Lucas.

—Uno. —dijo Pamela.

—Dos. —dijo Lucas.

—Tres. —dijo Pamela.

Ambos comenzaron abrir los sobres. Pamela abrió el suyo y dentro de este había una llave, con una dirección y un mensaje que leía: "*Nuestra Casa*". Lucas terminó de abrir el suyo y encontró unos resultados de laboratorio los cuales indicaban que Pamela estaba embarazada.

—Voy a ser papá. —gritó Lucas.

—Vamos a ser papás. —dijo Pamela.

Lucas se dio vuelta hacia ella y se la comió a besos.

Ese día no salieron de la habitación.

www.ingramcontent.com/pod-product-compliance
Lightning Source LLC
Chambersburg PA
CBHW050934120626
46552CB00001B/201